세 마리 토끼 잡는

초등 독해력

C2

초등 3-2

NE 능률

이 책을 쓴 분들_

강영주(지에밥 창작연구소 대표, 작가, 〈세 마리 토끼 잡는 독서 논술〉 대표 필자)
김경선(작가, 〈세 마리 토끼 잡는 독서 논술〉 집필)
한화주(작가, 〈세 마리 토끼 잡는 독서 논술〉 집필)
한현주(작가, 〈세 마리 토끼 잡는 독서 논술〉 집필)
이현정(작가, 〈세 마리 토끼 잡는 독서 논술〉 집필)

이 책을 만든 분들_

박지영(작가, 기획 편집자), 채현애(기획 편집자), 박정의(기획 편집자),
권정희(기획 편집자), 지은혜(기획 편집자), 강영주(작가, 기획 편집자)

세 마리 토끼 잡는 초등 독해력 C단계 2권

개정판 4쇄: 2021년 12월 15일

총괄 김진홍 | **기획 및 편집** 지에밥 창작연구소 | **연구원** 이보영, 이자원, 박수희 | **펴낸이** 주민홍 | **펴낸곳** ㈜NE능률 | **디자인** 장현순, 윤혜민 | **그림** 우지현, 김잔디, 안지선, 김정진, 윤유리, 이덕진, 이창섭, 고수경, 장여회, 김규준, 김석류 | **영업** 한기영, 이경구, 박인규, 정철교, 김남준, 김남형, 이우현 | **마케팅** 박혜선, 고유진, 김여진 | **주소** 서울특별시 마포구 월드컵북로 396(상암동) 누리꿈스퀘어 비즈니스타워 10층 (우편번호 03925) | **전화** (02)2014-7114 | **팩스** (02)3142-0356 | **홈페이지** www.nebooks.co.kr | **ISBN** 979-11-253-3613-6 | 979-11-253-3616-7 (set)

제조년월 2021년 12월 제조사명 ㈜NE능률 제조국 대한민국 사용연령 10~11세(초등 3학년 수준)

독해 실력을 키워서 공부 능력자가 되어 보세요!

요즘 우리 아이들, 공부할 것이 참 많습니다. 국어, 영어, 수학, 과학, 사회, 예체능 어느 것 하나 소홀히 할 수 없지요. 그런데 **이런 교과 공부를 할 때 가장 기본이 되는 것은 설명하는 내용이 무엇인지 아는 것입니다.**

특히 학교 공부를 처음 시작하는 초등학생에게 글을 읽고 이해하는 일은 무엇보다 중요합니다. 즉, **독해는 도구 과목인 국어를 포함한 모든 과목에서 공부의 시작이자 끝이라고 할 수 있지요.** 초등학교 때 독해를 소홀히 하다 보면 중·고등학교에 가서 교과서를 읽으면서도 그 내용을 이해하지 못하는 일이 생기기도 합니다.

그런데 **독해력은 열심히 책만 읽는다고 해서 단기간에 키워지는 것이 아닙니다.** 꾸준히 글을 읽고 이해하는 연습을 지속적으로 해야 비로소 실력이 생겨나는 것이지요. 그러므로 독해 연습은 단계적이고 체계적으로 하는 것이 중요합니다.

〈세 마리 토끼 잡는 초등 독해력〉은 이 중요한 독해의 방법을 제시하기 위해 기획된 시리즈입니다. 이 시리즈의 구성 원리는 다음과 같습니다.

1. 초등학생이 교과를 이해하는 데 필요한 독해의 전 과정을 담는다

교과의 기본이 되는 글의 내용을 쉽게 이해하는 **사실 독해**로 시작하여 글 속에 숨은 뜻을 짐작하고 비판하는 **추론 독해**, 읽은 것을 발전시켜서 창의적으로 문제를 해결하는 **문제해결 독해**로 이어지는 독해의 전 과정을 체계적으로 담았습니다.

2. 다양한 독해 활동을 통해 독해를 쉽고 재미있게 학습하도록 구성한다

독해의 원리에 흥미롭게 다가갈 수 있도록 **주제 활동, 유형 연습, 실전 학습** 등을 다양하게 단계적으로 구성하였습니다. 이때 글과 쉽게 친해질 수 있도록 동화, 역사, 사회, 과학, 예술 분야의 전문 필진과 초등 교육 과정 전문 선생님들이 함께 노력을 기울였습니다. 이 밖에도 독해의 배경지식이 되는 어휘, 속담, 문법, 독서 방법 등의 읽을거리를 충분히 실었습니다.

〈세 마리 토끼 잡는 초등 독해력〉을 통해 토끼처럼 귀여운 우리 아이들이 **독해 자신감, 공부 자신감**을 얻어서 최고의 **독해 능력자**가 되기를 기대하며 응원하겠습니다.

세 마리 토끼 잡는 초등 독해력은 어떤 책인가요?

1 독해의 세 가지 원리를 한번에 잡는 책

독해는 글을 읽고 뜻을 이해하는 것입니다. 이때 뜻을 이해한다는 것은 글에 드러난 정보나 주제뿐 아니라 숨어 있는 글쓴이의 의도나 생략된 내용을 짐작하고 읽는 사람의 생각과 느낌을 고려한 표현까지 이해하는 것입니다. 〈세 마리 토끼 잡는 초등 독해력〉은 사실 독해, 추론 독해, 문제해결 독해로 이어지는 독해의 원리를 단계적으로 키워서 독해 능력을 한번에 완성하도록 도와줍니다.

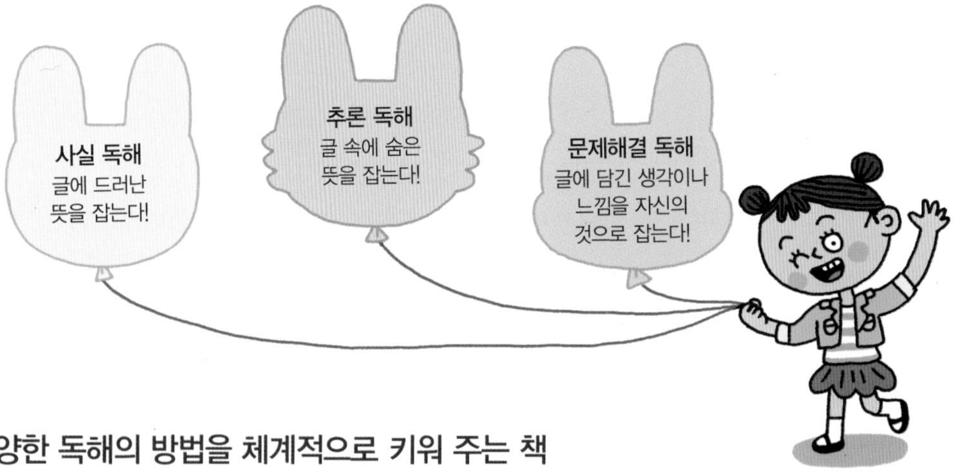

2 다양한 독해의 방법을 체계적으로 키워 주는 책

설명문, 논설문과 같은 글을 읽을 때와 시, 소설을 읽을 때는 글의 내용을 이해하는 방법이 조금 다릅니다. 비문학적인 글을 읽을 때에는 글에 나타난 정보나 사실을 이해하여 주제나 중심 생각을 파악해야 합니다. 그리고 문학적인 글을 읽을 때에는 주제뿐 아니라 글 속에 숨은 의미와 분위기, 표현 방법을 살펴서 글쓴이의 의도를 미루어 짐작하고 그에 대한 나의 생각이나 느낌도 표현할 수 있어야 합니다. 〈세 마리 토끼 잡는 초등 독해력〉은 독해 개념부터 유형 연습, 실전 문제에 이르기까지 독해의 다양한 방법을 체계적으로 키워 줍니다.

3 다양한 교과 관련 배경지식을 키워 주는 책

글을 읽을 때는 낱말이나 문장을 과목에 따라 다르게 해석해야 하는 경우가 있습니다. 국어 과목에서는 동요의 노랫말처럼 '달'을 보고 '토끼가 떡방아를 찧는 것 같다'고 표현하는가 하면 과학 과목에서는 '아무도 살지 않는 지구 주위를 돌고 있는 위성' 혹은 '지구와 가장 가까운 천체'로 보기도 합니다. 〈세 마리 토끼 잡는 초등 독해력〉은 과목에 따라 다른 의미로 해석되는 다양한 영역의 글을 수록하여 도구 과목인 국어 과목뿐 아니라 사회, 과학, 예체능 등 다양한 교과 공부에 도움을 주는 배경지식을 키울 수 있습니다.

4 다원적 사고 능력을 열어 주는 책

독해력은 글의 내용을 이해·감상하고 자신의 관점으로 비판하며 창의적으로 표현하는 능력을 갖추는 고차원의 사고 능력입니다. 특히 서술형과 같은 문제 유형으로 자신의 생각을 창의적으로 표현해야 하는 경우에는 이와 같은 능력이 더욱 요구됩니다. 〈세 마리 토끼 잡는 초등 독해력〉은 독해력을 구성하는 이해력, 구조 파악 능력, 어휘력, 추리·상상적 사고 능력, 비판적 사고 능력, 문제 해결 능력 등 다원적 사고 능력을 골고루 계발하여 어떠한 문제 상황도 너끈히 해결할 수 있도록 도와줍니다.

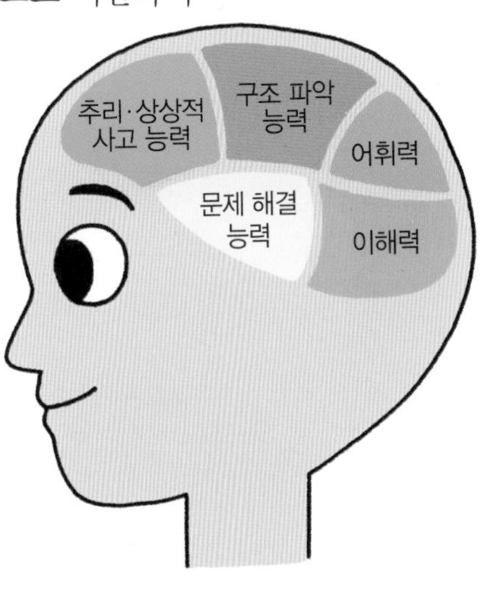

세 마리 토끼 잡는 초등 독해력은 어떻게 이루어져 있나요?

1 전체 구성

〈세 마리 토끼 잡는 초등 독해력〉은 학년과 학기의 난이도에 따라 6단계 12권으로 이루어져 있습니다. 이 책은 각 학년과 학기의 학습 목표에 맞는 독해 주제를 단계적으로 구성하였으므로, 그에 맞게 선택해서 공부할 수 있습니다. 하지만 학습자의 독해 능력에 맞게 단계를 조정하여 선택하면 더욱 효과적입니다.

단계	A단계		B단계		C단계		D단계		E단계		F단계	
권 수	2권		2권		2권		2권		2권		2권	
단계 이름	A1	A2	B1	B2	C1	C2	D1	D2	E1	E2	F1	F2
학년-학기	1-1	1-2	2-1	2-2	3-1	3-2	4-1	4-2	5-1	5-2	6-1	6-2
학습일	각 권 20일											
1일 분량	매일 6쪽											

2 권 구성

〈세 마리 토끼 잡는 초등 독해력〉 한 권은 학습 내용에 따라 PART1, PART2, PART3으로 나누어져 있습니다. 학년별 난이도에 따라 각 PART의 분량이 다릅니다.

PART 1 사실 독해 (1~2주 분량)

독해에서 가장 기본이 되는 부분으로, 글에 나타난 정보나 사실을 확인하는 내용을 주로 담고 있습니다. 이 부분에서는 글에서 정보를 찾아보고, 이를 바탕으로 중심 내용과 주제, 글의 구조와 전개 방식을 파악하며 읽는 방법을 배웁니다. 이 부분은 독해를 처음 접하는 저학년일수록 분량이 많고, 고학년으로 갈수록 분량이 줄어듭니다.

단계별 구성(저학년은 분량이 많고, 고학년은 분량이 적습니다. A~C단계: 2주분 / D~F단계: 1주분)

A단계	B단계	C단계	D단계	E단계	F단계
					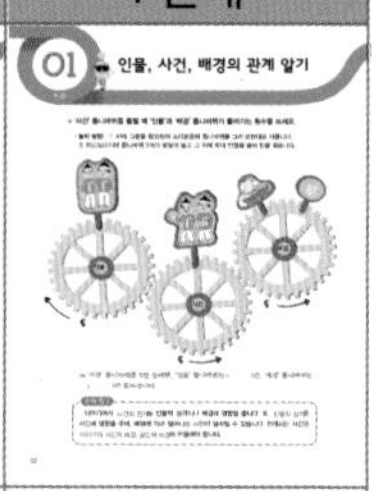
글자, 낱말, 문장 알기	마음을 나타내는 말 알기	설명하는 글을 읽은 경험 찾기	생각이나 느낌이 다른 까닭 알기	기행문의 특성 알기	인물, 사건, 배경의 관계 알기

PART 2 추론 독해 (1~2주 분량)

독해 능력이 발전하는 부분으로, 글에 드러난 것을 파악하는 것을 뛰어넘어 글에 숨겨진 뜻을 짐작하고 비판하는 내용을 담았습니다. 이 부분에서는 글에 나타난 정보를 짐작해 보고 생략된 내용이나 숨겨진 주제, 글을 쓴 목적을 찾아보며 글을 읽는 방법을 익힙니다. 그리고 글에 드러난 관점이나 글쓴이의 주장과 근거, 표현 방법 등을 비판하며 읽는 방법도 배웁니다. 이 부분은 저학년일수록 분량이 적고, 고학년으로 갈수록 분량이 늘어납니다.

단계별 구성(저학년은 분량이 적고 고학년은 분량이 많습니다. A~C단계: 1주분/ D~F단계: 2주분)

A단계	B단계	C단계	D단계	E단계	F단계
	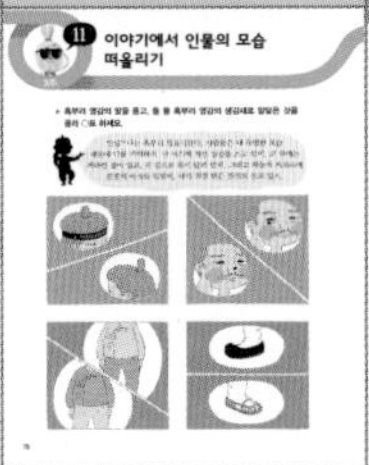	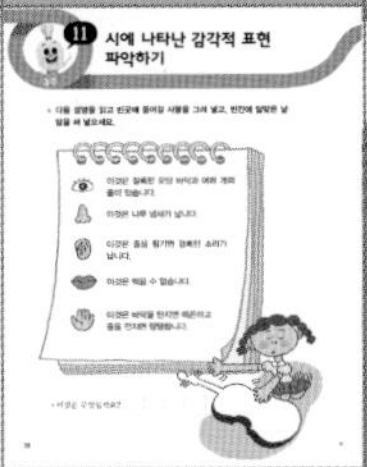	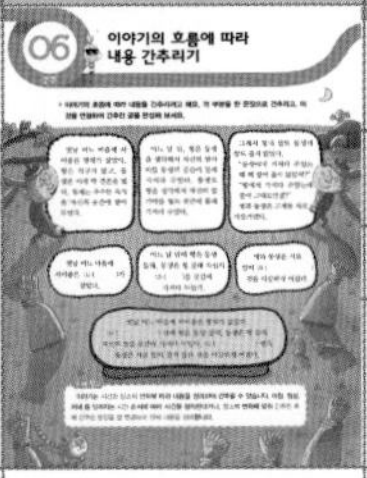		
그림을 보고 내용 짐작하기	이야기에서 인물의 모습 떠올리기	시에 나타난 감각적 표현 파악하기	이야기의 흐름에 따라 내용 간추리기	글의 구조를 생각하며 요약하기	이야기의 구조 이해하기

PART 3 문제해결 독해 (1주 분량)

글의 내용을 자신의 상황에 창의적으로 적용하는 고차원적 독해 능력을 키우는 부분입니다. 이 부분에서는 글에서 감동적인 부분을 찾아 글쓴이의 마음에 공감하고, 글을 읽고 난 감동을 표현하며 읽습니다. 글에 나타난 다양한 문제 상황과 해결 방법을 나의 생활에 적용하며 창의적으로 읽는 방법을 배웁니다.

단계별 구성(저학년과 고학년 같은 분량입니다. A~F단계: 1주분)

A단계	B단계	C단계	D단계	E단계	F단계
			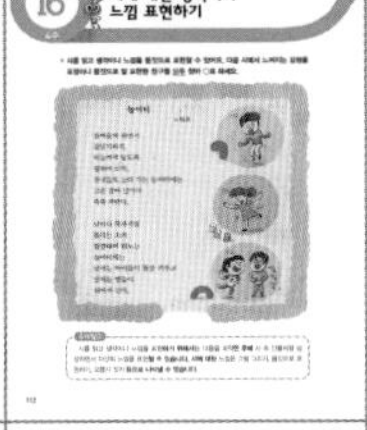		
이야기를 읽고 느낌 표현하기	시 속 인물의 마음 상상하기	원인과 결과를 생각하며 이야기 꾸미기	시에 대한 생각이나 느낌 표현하기	글을 읽고 문제 상황에 알맞은 의견 마련하기	인물이 추구하는 가치와 자신의 삶 관련짓기

세 마리 토끼 잡는 초등 독해력 1일 학습은 어떻게 짜여 있나요?

개념 활동 재미있게 활동하며 독해의 원리를 익힙니다 (2쪽)

개념 활동

매일 익힐 독해의 개념을 재미있는 활동과 간단한 문제로 알아볼 수 있습니다. 퀴즈, 미로 찾기, 색칠하기, 사다리 타기, 만들기 등 다양하고 재미있는 활동을 통해 독해의 원리를 입체적으로 배울 수 있습니다.

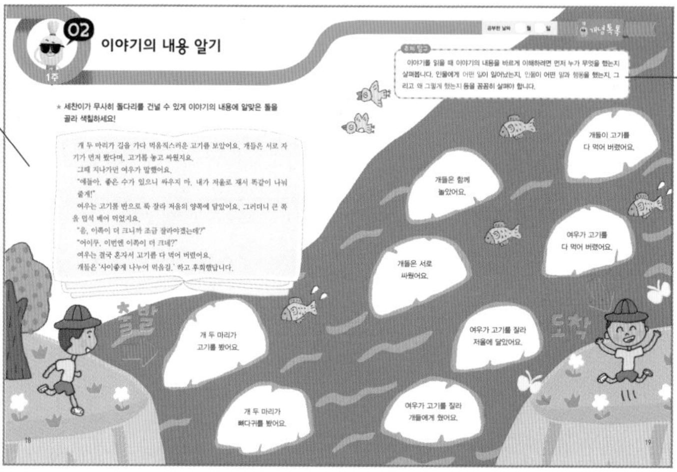

주제 탐구

개념 활동을 하며 살펴본 독해의 원리로 학습 주제를 살펴볼 수 있습니다. 이곳에서 앞으로 공부할 주제를 한눈에 확인할 수 있습니다.

독해력 활짝 짧은 글로 유형을 연습하며 독해력을 넓힙니다 (2쪽)

유형 설명

주제와 관련된 여러 유형을 나누어 핵심 평가 요소를 확인합니다.

유형 문제 연습

다양한 유형을 익힐 수 있는 독해 문제가 제시되어 있습니다.

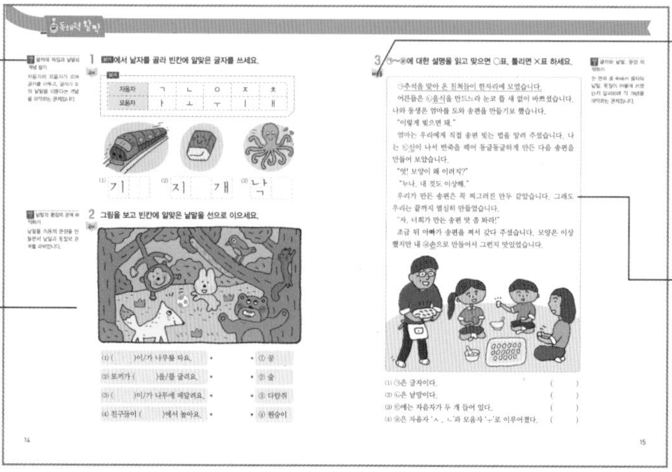

관련 교과명

지문과 관련된 교과명이 표시되어 있습니다.

짧은 글 독해

유형과 관련 있는 짧은 글을 읽으며 문제의 출제 의도를 파악합니다.

독해력 쑥쑥 긴 글로 실전 문제를 풀며 독해력을 키웁니다 (2쪽)

글의 개관

글의 종류, 특징, 중심 내용, 낱말 풀이 등으로 글에 대한 이해를 돕습니다.

긴 글 독해

시, 동화, 소설, 편지, 일기, 설명문, 논설문 등 다양한 갈래의 글이 수록되어 있습니다.

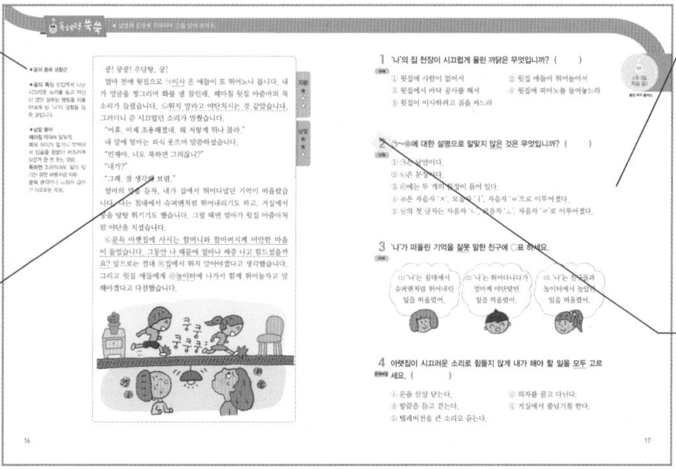

실전 문제

이해, 구조, 어휘, 추론, 비판, 문제해결 등과 관련된 다양한 실전 문제가 수록되어 있습니다.

핵심 문제

해당 주제의 핵심 문제는 노란색 별로 표시되어 있습니다.

독해 플러스 독해력을 돕는 배경지식을 알아봅니다

한 주 동안의 학습을 마무리하면서 독해와 관련된 배경지식을 살펴봅니다. 어휘, 속담, 고사성어, 문법, 독서의 방법 등 독해에 꼭 필요한 내용을 재미있는 만화를 통해 익히고, 간단한 문제로 확인해 봅니다.

세 마리 토끼 잡는 초등 독해력 이렇게 공부해요

1 매일매일 꾸준히 공부해요

〈세 마리 토끼 잡는 초등 독해력〉은 매일 6쪽씩 꾸준히 공부하는 책이에요. 재미있는 개념 활동으로 시작해서 학교 시험에 도움되는 실전 문제에 이르기까지 지루하지 않게 공부할 수 있지요. 공부가 끝나면 '○주 ○일 학습 끝!' 붙임 딱지를 붙여 보세요.

2 지문에 실린 책이나 교과서를 찾아 읽어 보아요

하루 공부를 마치고 나면, 본문 지문에 나온 책이나 교과서를 찾아 읽어 보세요. 본문에는 책의 전권을 싣기 힘들기 때문에 가장 대표적인 부분을 발췌했기 때문이지요. 본문을 읽다 보면 뒷이야기가 궁금해지거나 교과 내용이 궁금해져서 자연스럽게 찾아 읽게 될 거예요. 이 과정을 거듭하다 보면 독해 능력자가 될 수 있답니다.

3 지문에 실린 모르는 내용을 사전이나 인터넷을 찾아 읽어 보아요

독해 지문이 술술 읽히지 않는다면 낱말이나 문장을 이해하지 못하는 것입니다. 모르는 낱말이나 어구, 관용 표현 등을 국어사전으로 찾아보고, 비슷한말로 바꾸어 보며 내용을 온전히 자신의 것으로 만들어 보세요. 그리고 더 알고 싶은 것은 책이나 인터넷 백과사전을 검색하며 깊이 있게 공부해 보세요.

한 주 학습표

월	화	수	목	금	토
매일 6쪽씩 학습하고, '○주 ○일 학습 끝!' 붙임 딱지 붙이기					주요 내용 복습하기

세 마리 토끼 잡는

초등 독해력

C2
초등 3-2

주	일차	유형	독해 주제	교과 연계 내용
1주	1	PART1 (사실 독해)	설명하는 대상 찾기	[과학 3-2] 물에 사는 동물의 특징 알기
	2		글 전체의 중심 생각 찾기	[사회 5-1] 인권 개선을 위한 노력 알기
	3		감각적 표현 찾기	[국어 3-2] 시를 감상하고 표현하기
	4		인물의 마음 변화 찾기	[국어 3-2] 이야기 속 인물이 경험한 일과 인물의 마음 정리하기
	5		제안하는 글 알기	[도덕 4학년] 상황에 알맞은 예절 실천하기
2주	6		경험과 관련지어 내용 찾기	[과학 4-2] 지진에 대해 알기
	7		글을 읽고 중심 생각 찾기	[체육 3학년] 건강한 생활 습관 알기
	8		중심 생각을 찾아 간추리기	[과학 3-2] 땅에 사는 동물의 특징 알기
	9		시의 재미와 감동 나누기	[국어 3-2] 시를 감상하고 표현하기
	10		대상을 높이는 표현 알기	[국어 3-2] 상대에 알맞은 언어 예절 알기
3주	11	PART2 (추론 독해)	인물의 표정, 몸짓, 말투 살피기	[국어 3-2] 인물의 표정, 몸짓, 말투로 인물의 마음 짐작하기
	12		인물의 말과 행동을 살피며 읽기	[국어 3-2] 인물의 말과 행동에 주의하며 감상하기
	13		읽는 사람을 생각하며 마음을 전하는 글 읽기	[국어 3-2] 자신의 마음을 남에게 전하는 글 쓰기
	14		원인과 결과에 따라 이야기 간추리기	[국어 3-2] 시간 흐름을 생각하며 이야기 읽기
	15		글의 흐름을 생각하며 간추리기	[국어 3-2] 일하는 방법에 따라 내용 파악하기 [미술 4학년] 종이로 쓸모 있는 물건 만들기
4주	16	PART3 (문제해결 독해)	이어질 내용 상상하기	[국어 3-2] 시간 흐름을 생각하며 이야기 읽기
	17		자신의 경험에서 인상 깊은 일 표현하기	[도덕 3학년] 생명을 소중히 해야 하는 이유 알기
	18		여러 가지 독서 감상문으로 표현하기	[사회 4-1] 우리 지역을 대표하는 역사적 인물 알기
	19		인물의 특징과 성격 표현하기	[국어 3-2] 인물의 성격 알아보기
	20		알맞은 표정, 몸짓, 말투를 생각하며 극본 읽기	[국어 3-2] 인물의 말과 행동 표현하기

PART 1

사실 독해

글에 드러난 정보를 찾아보고 이를 바탕으로 중심 내용과 주제,
글의 구조와 전개 방식 등을 파악하며 읽는 방법을 배워요.

contents

01 설명하는 대상 찾기

★ 윤수네 반 친구들이 현장 체험 학습 때 찍은 사진이에요. 쪽지에서 설명하는 친구가 누구인지 사진에서 골라 빈칸에 이름을 쓰세요.

나는 영화 속 마법사 소년을 좋아해요. 그래서 안경을 쓰고 검은색 옷을 입고 있지요.

(　　　　)

나는 분홍색이 너무 좋아요. 그래서 분홍색 옷이 아니면 입지 않는답니다.

(　　　　)

나는 친구들에 비해 덩치가 크지만 성격이 쾌활해요. 사진 찍을 때도 V자를 했답니다.

(　　　　)

주제 탐구

어떤 지식이나 정보를 읽는 이에게 전달하고 이해시키기 위해 풀어 쓴 글을 설명하는 글이라고 합니다. 설명하는 글에서 설명하는 대상을 찾으려면, 글쓴이가 글에서 전달하고자 하는 것이 무엇인지 살피며 읽어야 합니다. 그리고 설명하는 대상의 특징이 무엇인지 파악하며 읽어야 합니다.

강아지를 좋아하는 나는 늘 강아지가 그려진 옷을 입어요.
(   )

키가 작은 나는 흰 옷을 입고 있어요. 머리를 양 갈래로 묶었지요.
(   )

나는 책을 읽는 것을 좋아해서 항상 손에서 책을 놓지 않아요.
(   )

유형 1 설명하는 대상 알기

설명하는 글에서 무엇에 대해 설명하고 있는지 찾는 문제입니다.

옹성 큰 성문 주위를 쌓은 작은 성.

1 이 글에서 설명하는 것은 무엇입니까? (   )

사회

우리나라 국보 1호가 남대문(숭례문)이라는 것은 많은 사람들이 알고 있습니다. 그런데 우리나라 보물 1호가 무엇인지 아는 사람은 많지 않습니다.

우리나라 보물 1호는 바로 동대문입니다. 동대문은 원래 '흥인지문'이라는 이름이 있지만 서울의 동쪽에 있어 흔히 동대문이라고 불립니다. 동대문은 2층 건물의 형태로, 앞에서 볼 때 지붕은 사다리꼴 모양을 하고 있습니다. 또한 동대문은 8개의 성문 중 유일하게 옹성이 남아 있는 성문입니다.

① 성문　② 옹성　③ 동대문
④ 남대문　⑤ 국보 1호

유형 2 설명하는 대상의 특징 찾기

자치기의 특징(놀이 방법, 장소, 승부 결정 방식)을 확인하는 문제입니다.

2 이 글에서 설명하는 내용이 맞으면 ○표, 틀리면 ×표 하세요.

사회

자치기는 우리 민족이 예로부터 즐긴 전통 놀이 중 하나입니다. 정해진 순서에 따라 여러 방법으로 나무토막을 긴 막대기로 쳐서 날리는 놀이입니다. 주로 어린아이들이 즐겼으며, 마당이나 골목 등 야외에서 놀이를 했습니다. '딱' 하는 소리가 나고 나무토막이 날아가면 날아간 거리를 재어 승부를 정하는 방식입니다.

(1) 자치기는 주로 야외에서 했다. (   )
(2) 자치기는 공을 이용한 놀이이다. (   )
(3) 자치기는 긴 막대기가 필요하다. (   )
(4) 자치기는 우리 민족의 전통 놀이이다. (   )

3 딸기잼을 만드는 차례에 맞게 보기 에서 기호를 골라 쓰세요.

국어

잼은 과일에 설탕을 넣고 약한 불로 졸여 만든 식품입니다. 딸기로 만든 잼인 딸기잼을 만들려면 딸기와 설탕이 필요합니다. 딸기잼을 만드는 순서는 다음과 같습니다.

첫째, 딸기를 깨끗이 씻습니다. 이때 딸기는 흐르는 물로 씻어 주는 것이 좋습니다.

둘째, 씻은 딸기를 믹서에 갈아 줍니다. 믹서가 없다면 숟가락으로 으깨어 주어도 괜찮습니다.

셋째, 갈아 준 딸기는 냄비에 넣고 설탕을 함께 넣습니다. 이때 설탕의 양은 딸기와 같은 양을 넣어 주면 됩니다.

넷째, 냄비에 불을 켜서 끓이되 주걱으로 살살 섞어 주어야 합니다. 그리고 끓어오르면 불을 줄여 뭉근하게 끓여 줍니다.

다섯째, 다 끓인 딸기잼을 식혀서 유리병에 담습니다. 잼을 담기 전에 유리병은 물기가 없게 닦아 주면 좋습니다.

주로 과일을 조리해 만드는 잼은 오랫동안 보관할 수 있다는 장점이 있습니다. 이러한 잼은 딸기뿐 아니라 포도, 사과, 오렌지, 복숭아 등 여러 가지 과일로 만들 수 있습니다.

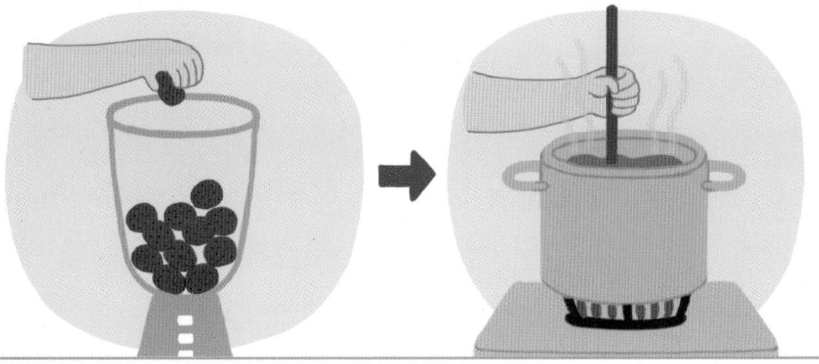

보기

㉮ 믹서에 딸기를 간다.　　㉯ 딸기를 깨끗이 씻는다.
㉰ 냄비에 넣은 딸기를 끓인다. ㉱ 딸기잼을 유리병에 담는다.
㉲ 딸기와 같은 양만큼의 설탕을 냄비에 넣는다.

㉯ ➡ (　　　) ➡ (　　　) ➡ (　　　) ➡ (　　　)

유형 3 설명하는 일의 차례 확인하기

일의 차례를 설명하는 글에서 일의 차례를 파악하여 순서대로 정리하는 문제입니다.

뭉근하게 세지 않은 불기운이 꾸준하게.

●**글의 종류** 설명하는 글(설명문)

●**글의 특징** 이 글은 심해어의 뜻과 종류, 특징에 대해 설명한 글입니다. 깊은 바닷속에 적응하는 방식에 따라 나누어 설명하였습니다.

●**중심 내용**
(가) 심해어는 바닷속 환경에 적응하며 살고 있음.
(나) 빛이 부족한 바다에 적응하기 위해 빛을 내는 심해어가 있음.
(다) 빛이 거의 없는 바다에 적응하기 위해 눈이 독특한 심해어가 있음.
(라) 먹이가 부족한 바닷속에서 살아가기 위해 독특한 입을 가진 심해어가 있음.
(마) 심해어는 힘든 환경에 적응하며 자신만의 방법으로 살고 있음.

●**낱말 풀이**
수심 물의 깊이.
수압 물의 압력.
유인하기도 주의나 흥미를 일으켜 꾀어 내기도.

지문 ★★☆

낱말 ★★☆

(가) 바닷속에는 수많은 생물이 살고 있습니다. 수심 2백 미터에서부터 1만1천 미터까지 아주 깊은 바닷속에서도 말입니다. 이 깊은 바닷속에 사는 어류를 통틀어 ㉠'심해어'라고 부릅니다. 사실 바다는 깊이 내려갈수록 살기가 힘듭니다. 수면과 멀어질수록 햇빛이 거의 없고, 물의 온도도 낮고, 수압도 높을 뿐 아니라 먹이도 매우 부족합니다. 하지만 심해어들은 깊은 바닷속에서 자신만의 방법으로 적응하며 살아가고 있습니다.

(나) 심해어는 깊은 바닷속에 적응하는 방식에 따라 몇 가지로 나누어 살펴볼 수 있습니다. 첫째, 빛이 부족한 바다에 적응하기 위해 빛을 내는 심해어가 있습니다. 빛이 들어오지 않는 깊은 바다에서 스스로 빛을 내는 경우로, 빗해파리, 초롱아귀가 여기에 속합니다. 이들은 빛을 내어 먹이를 유인하기도 합니다.

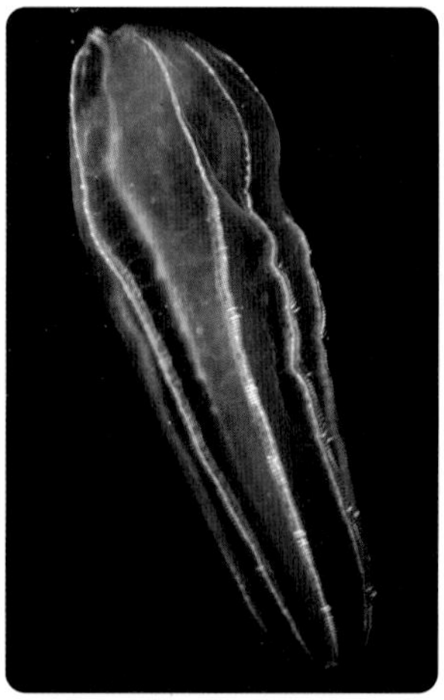
빗해파리

(다) 둘째, 빛이 거의 없는 바닷속에 살아가기 위해 독특한 눈을 가진 심해어가 있습니다. 빛이 약한 곳에서 빛을 모으기 위해 큰 눈을 가진 심해어가 대표적인데, 올빼미물고기가 여기에 속합니다. 그리고 아예 눈이 없는 심해어도 있습니다.

(라) 셋째, 먹이가 부족한 바닷속에서 살아가기 위해 독특한 입을 가진 심해어가 있습니다. 크고 안으로 구부러진 강한 이를 가진 심해어의 경우인데, 먹이가 부족한 환경에서 한번 잡은 먹이를 놓치지 않기 위해서입니다. 이런 심해어는 먹이가 위쪽에서 내려오는 것을 대비해서 입이 위쪽을 향해 발달했습니다. 도끼고기, 봉래앨퉁이 여기에 속합니다.

(마) 이렇게 심해어는 빛도 잘 들지 않고, 먹이도 부족한 힘든 환경에서 생존하고 적응해 왔습니다. 심해어는 우리가 잘 알지 못하는 심해에서 자신만의 방법으로 살고 있습니다.

1 이 글에서 설명하는 대상은 무엇입니까? (　　　)

이해

붙임 딱지 붙여요.

① 바다　② 심해　③ 심해어
④ 빗해파리　⑤ 도끼고기

2 ㉠의 뜻으로 알맞은 것에 ○표 하세요.

어휘

(1) 바다에서 잡은 어류 (　　)
(2) 깊은 바닷속에 사는 어류 (　　)
(3) 다른 생물을 잡아먹고 사는 어류 (　　)

3 이 글에서 심해어들이 깊은 바닷속에 적응하기 위한 방법이 아닌 것은 어느 것입니까? (　　　)

이해

① 큰 눈을 가지는 것
② 스스로 빛을 내는 것
③ 위쪽을 향해 발달한 입을 가지는 것
④ 아름답고 빛나는 지느러미를 가지는 것
⑤ 크고 안으로 구부러진 강한 이를 가지는 것

4 이 글에서 설명하는 대상에 대해 잘못 말한 친구에 ○표 하세요.

이해

1주

02 글 전체의 중심 생각 찾기

★ 친구들이 신문 기사에서 중심 생각을 찾았어요. 둘 중 알맞게 말한 친구에 각각 ○표 하세요.

제목을 살펴보니 초등학생 스마트폰 중독 문제에 대해 알려 줄 것 같아.

제목을 살펴보니 스마트폰을 구입하는 방법을 알려 줄 것 같아.

삐뽀삐뽀 초등학생 스마트폰 중독

초등학생들의 스마트폰 중독이 우려했던 것보다 훨씬 심각한 것으로 나타났다. 대한소아내분비학회는 초등학생 자녀를 둔 학부모 500명을 대상으로 실시한 '바른 성장을 위한 생활 습관 실천에 대한 인식 조사' 결과를 25일 발표했다. 이에 따르면 어린이 10명 중 4명은 잠들기 바로 전까지 스마트폰을 손에서 놓지 못하는 것으로 드러났다.

중심 문장이 글의 앞부분에 있어.

중심 문장이 글의 뒷부분에 있어.

주제 탐구

글을 읽을 때는 글쓴이가 글 전체에서 말하고 싶은 중심 생각을 찾아야 합니다. 글의 중심 생각을 찾으려면 문단의 중심 문장을 찾아 중심 생각을 간추립니다. 또 제목을 보고 무엇에 대해 쓴 글인지 생각합니다. 그리고 글에 있는 사진이나 그림을 보고 글쓴이의 중심 생각을 찾습니다.

기사 속 사진을 보니 엄마 아빠 스마트폰을 쓰는 아이들이 많은 것 같아.

기사 속 사진을 보니 밤늦게까지 스마트폰을 쓰는 아이들이 많은 것 같아.

스마트폰 오래 하면 건강 위협

스마트폰 사용 시간이 늘어나면서 건강이 위협받고 있다. 스마트폰을 오랜 시간 집중해 사용하면 눈이 쉽게 피로해진다. 또한 스마트폰은 잠이 쉽게 들지 못하는 불면증의 원인이 되고, 과식의 위험을 불러오기도 한다.

중심 생각은 '스마트폰 사용 시간이 늘어나면서 건강이 위협받고 있다.'에 담겨 있어.

이 글의 내용 전체가 모두 중심 생각이야.

유형 1 문단의 중심 문장 찾기

중심 문장과 뒷받침 문장으로 구성된 문단에서 문단을 대표하는 중심 문장을 찾는 문제입니다.

성장 호르몬 성장을 촉진하는 호르몬.
분비되어 액즙이 배출관으로 보내져서.

1 ㉠~㉥ 중 이 글의 중심 문장을 찾아 기호를 쓰세요. (   )

국어

㉠프랑스의 정치가였던 나폴레옹은 잠을 적게 잔 인물로 알려져 있습니다. ㉡나폴레옹은 평소 하루에 4시간만 자면 충분하다고 말했다고 합니다. ㉢그런데 사실 나폴레옹은 잠을 자지 못해 고생을 했으며, 자고 싶어도 일이 많아서 제대로 잘 수 없었다고 합니다. ㉣그러므로 깨어 있는 동안 열심히 활동하는 만큼 밤에 잘 자는 것이 중요합니다. ㉤특히 성장기인 초등학생 때 잠을 잘 자면 두뇌가 발달하며 배운 것을 뇌에 충분히 저장할 수 있다고 합니다. ㉥뿐만 아니라 푹 잘 자면 성장 호르몬이 잘 분비되어 몸도 잘 자란다고 합니다.

유형 2 글의 제목 찾기

글쓴이가 설명하는 내용을 바탕으로 글 전체를 대표하는 제목을 찾는 문제입니다.

2 빈칸에 들어갈 제목으로 알맞은 것은 무엇입니까? (   )

사회

[   ]

학교 주위에 가면 '스쿨 존(School Zone)'이라는 표지판이 있습니다. 스쿨 존은 어린이 보호 구역을 가리키는 말로, 유치원이나 초등학교 주변에 설치됩니다. 스쿨 존은 아이들을 보호하고 교통사고를 줄이기 위해 여러 가지 부분에서 일반 도로와 다른 점이 있습니다.

첫째, 스쿨 존 안에서는 주차나 정차를 할 수 없습니다. 둘째, 스쿨 존 안에서는 차가 시속 30킬로미터 이하로 천천히 달려야 합니다. 셋째, 스쿨 존 횡단보도 앞에서는 차가 무조건 일단 멈추어야 합니다.

① 스쿨 존은 불편해요
② 스쿨 존을 만든 사람
③ 어린이는 나라의 미래
④ 스쿨 존이 무엇일까요?
⑤ 학교 주위의 여러 시설

3 이 글의 중심 생각으로 알맞은 것에 ○표 하세요.

도덕

평생을 가족처럼 사람과 더불어 살아가는 개를 '반려견'이라 부릅니다. 사람은 반려견과 함께 시간을 보내고 함께 생활하고 있습니다. 그런데 산책을 할 때 사람이 반려견에게 물리거나 반려견이 갑자기 달려들어 놀라는 사고가 종종 생기고 있습니다.

그렇다면 어떻게 해야 개도, 사람도 행복할 수 있을까요? 첫째, 배설물을 처리할 수 있는 봉투를 준비해야 합니다. 그래서 배설물을 바로바로 치워야 합니다. 둘째, 안전을 위해 산책할 때 목줄을 하고, 맹견일 경우 입마개를 해야 합니다. 이때 목줄의 길이는 너무 길지 않게 유지하는 것이 중요합니다. 셋째, 태어난 지 3개월 이상이 된 반려견은 반드시 등록을 하고, 등록 번호와 전화번호 등이 적힌 표를 달아야 합니다. 그래야 반려견을 잃어버렸을 때 찾을 수 있습니다.

반려견을 등록하고, 목줄을 하고, 봉투를 준비하는 일은 조금 불편한 일입니다. 하지만 이것을 지켜야 개도, 사람도 모두 즐거운 산책을 할 수 있다는 것을 잊지 말아야 합니다.

(1) 반려견을 키우고 싶다. ( )

(2) 반려견을 산책을 시키면 안 된다. ( )

(3) 사람은 반려견과 함께 시간을 보내고 함께 생활한다. ( )

(4) 산책할 때 지킬 것들을 지켜야 개도, 사람도 즐거운 산책을 할 수 있다. ( )

유형 3 글의 중심 생각 찾기

글쓴이가 말하고자 하는 내용과 그림 등을 바탕으로 글 전체의 중심 생각을 고르는 문제입니다.

배설물 생물이 밖으로 배설하는 물질, 똥, 오줌, 땀 따위를 이름.

맹견 몹시 사나운 개.

●글의 종류 설명하는 글(설명문)

●글의 특징 이 글은 한글 점자인 훈맹정음이 만들어지게 된 배경과 만든 사람, 의의에 대해 설명한 글입니다. 훈맹정음이 만들어져서 오늘에 이르는 과정을 자세히 설명했습니다.

●중심 내용
(가) 우리나라 한글 점자를 '훈맹정음'이라 부름.
(나) 훈맹정음은 일제 강점기에 박두성이 만들었음.
(다) 박두성을 비롯한 많은 사람의 노력이 훈맹정음을 지켜 지금까지 이어져 왔음.
(라) 훈맹정음을 자랑스러워하고 지켜 나가야 함.

●낱말 풀이
점자 손가락으로 더듬어 읽는 시각 장애인용 문자.
일제 강점기 1910년 일본의 국권 강탈 이후 1945년 해방되기까지 35년간의 시대.
제생원 현재의 서울맹학교로, 시각 장애인을 위한 특수 학교임.
맹아 앞을 못 보는 아이.

㉠

(가) 엘리베이터를 타면 몇 층인지 표시한 숫자 아래에 오돌토돌하게 튀어나와 있는 것을 볼 수 있어요. 이것이 바로 점자이지요. 이 덕분에 앞을 보지 못하는 맹인들도 손가락으로 숫자를 읽어 자신이 갈 층을 누를 수 있어요. 이같이 우리나라 한글 점자를 '훈맹정음'이라 부르지요.

(나) 훈맹정음이 아주 옛날부터 있었던 것은 아니에요. 훈맹정음은 일제 강점기에 '제생원'의 교사였던 박두성이 앞을 못 보는 맹아들을 위해 만든 것이지요. 박두성은 맹아들을 가르치며 한글 점자의 필요성을 느꼈던 거예요. 그래서 한글 점자를 연구하기 시작했고, 1926년 11월 4일에 한글 점자인 훈맹정음을 만들게 되었어요.

(다) 이때는 일본에 나라를 빼앗긴 상황이라 한글을 쓰는 것도 자유롭지 못했어요. 한글 점자인 훈맹정음을 사용하는 것도 역시 많은 어려움이 있었지요. 하지만 박두성을 비롯한 많은 사람들은 훈맹정음을 온 힘을 다해 지켰고, 지금까지 이어져 올 수 있었어요. 앞을 볼 수 있는 사람에게 훈민정음이 있다면 앞을 보지 못하는 사람들에게는 훈맹정음이 생기게 된 것이지요.

(라) 그 결과 이제 훈맹정음은 '맹인들의 훈민정음'이 되었어요. 우리 국민에게 훈민정음이 소중하듯이 맹인에게는 훈맹정음이 없어서는 안 될 소중한 글자가 된 것이지요. 그러므로 또 하나의 한글이 된 훈맹정음을 자랑스러워하고 지켜 나가야겠어요.

지문 ★☆☆
낱말 ★★☆

1주 2일 학습 끝!

붙임 딱지 붙여요.

1 이해

이 글에서 설명하는 것은 무엇입니까? (　　　)

① 한글　② 박두성　③ 훈민정음

④ 훈맹정음　⑤ 일제 강점기

2 이해

㉠에 들어갈 제목으로 알맞은 것에 ○표 하세요.

(1) 맹인들의 불편함 (　　　)

(2) 나라를 잃은 슬픔 (　　　)

(3) 또 하나의 한글, 훈맹정음 (　　　)

(4) 훈민정음의 뛰어난 과학성 (　　　)

3 구조

㈎~㈑의 중심 생각을 선으로 이으세요.

(1) ㈎ •	• ① 박두성이 훈맹정음을 만들었다.
(2) ㈏ •	• ② 훈맹정음을 자랑스러워하고 지켜 나가야 한다.
(3) ㈐ •	• ③ 우리나라 한글 점자를 '훈맹정음'이라 부른다.
(4) ㈑ •	• ④ 일제 강점기에도 훈맹정음이 꿋꿋이 이어져 왔다.

4 이해

이 글 전체의 중심 생각이 담긴 중심 문장을 찾아 쓰세요.

03 감각적 표현 찾기

★ 친구가 눈, 귀, 입, 코, 손 등과 관련된 감각적 표현을 사용해 시를 썼어요. ⬭ 표시된 말이 어떤 감각 기관과 관련 있는지 그림에 ○표 하세요.

맛있는 명절날

지글지글 소리에
눈을 떠 보니

노릇노릇 부침개가
상에 가득해

고소한 냄새에
코는 벌름벌름

주제 탐구

우리는 눈으로 보고, 귀로 듣고, 입으로 맛보고, 코로 냄새 맡고, 손으로 만지면서 대상의 느낌을 알 수 있습니다. 이 느낌을 생생하게 표현한 것을 '감각적 표현'이라고 합니다. 감각적 표현을 사용하면 대상의 느낌을 재미있고 생생하게 나타낼 수 있습니다.

유형 1 감각적 표현 찾기

눈, 귀, 입, 코, 손으로 보고, 듣고, 맛보고, 냄새 맡고, 만져 보는 것 같은 느낌을 표현한 것을 찾는 문제입니다.

강변 강의 가장자리에 잇닿아 있는 땅.
갈잎 가랑잎의 준말.

1 ㉠~㉤ 중 감각적 표현을 두 가지 골라 기호를 쓰세요. (   )

국어

엄마야 누나야

김소월

㉠엄마야 누나야 ㉡강변 살자
뜰에는 ㉢반짝이는 금모래빛
㉣뒷문 밖에는 ㉤갈잎의 노래
엄마야 누나야 강변 살자

유형 2 감각적 표현의 효과 파악하기

'빨래'라는 대상의 느낌을 재미있고 생생하게 나타낸 감각적 표현의 효과를 파악하는 문제입니다.

쬐꼬만 '조그만'의 시적 표현을 이름.

2 이 시의 느낌을 알맞게 말한 친구에 ○표 하세요.

국어

빨래

이원수

바람 불면 빨래들이 춤을 춘다.
어머니 파랑 치마 팔랑팔랑
쬐꼬만 내 치마도 팔랑팔랑.

빨랫줄에 높다라니 매달려서
무섭지도 않은가 봐, 내 앞치마.

바람 불면 빨래들이 춤을 춘다.
빨래 따라 꽃 이파리 팔랑팔랑
꽃잎 따라 노랑나비 팔랑팔랑
모두 같이 춤춘다, 팔랑팔랑.

(1) 전체적으로 무겁고 어두운 느낌이야.

(2) 빨래가 어떤 것인지 자세히 설명했어.

(3) '팔랑팔랑'이라는 감각적 표현이 반복되어 재미있어.

3 **㉠, ㉡을 비슷한 느낌의 감각적 표현으로 바꾸어 쓰세요.**

국어

주사 맞던 날

서재환

예방 주사 놓으려고
의사 선생님이 들어오시자

왁자한 교실 안이
금세 ㉠꽁꽁 얼어붙고

차례를
기다리는 가슴이
㉡콩닥콩닥 방아 찧는다.

뾰족한 바늘 끝이
반짝하고 빛날 때면

다른 아이 비명 소리에
내 팔뚝이 더 아프고

주사를
맞기도 전에
유리창에 내 눈물이…….

(1) ㉠: (   )   (2) ㉡: (   )

유형 3 다른 감각적 표현으로 바꾸어 쓰기

대상을 눈, 귀, 입, 코, 손과 관련된 감각적 표현으로 나타냈습니다. 이것을 느낌이 비슷한, 다른 표현으로 바꾸어 봅니다.

왁자한 정신이 어지러울만큼 떠드는.

●글의 종류 동시

●글의 특징 이 시는 강소천이 쓴 「겨울밤」의 일부로, 긴 겨울밤에 따뜻한 화롯가에 모여 앉아 형제자매들이 이야기꽃을 피우는 따뜻한 모습을 감각적 표현으로 생생하게 그리고 있습니다.

●중심 내용
1연 바람이 불어 문풍지가 떨릴 정도로 겨울밤은 추움.
2연 우리는 감자를 먹으며 옛날 얘기를 함.
3연 언니, 누나, '나'가 이야기를 함.
4연 감자를 두 번 구워 먹어도 겨울밤은 길게 느껴짐.
5연 콩과 강냉이를 먹어도 겨울밤은 멀게 느껴짐.

●낱말 풀이
문풍지 문틈으로 새어 들어오는 바람을 막기 위하여 문짝 주변에 바른 종이.
화롯가 숯불을 담아 놓는 그릇인 화로의 옆.
강냉이 옥수수 또는 옥수수를 튀긴 것.

겨울밤

강소천

㉠바람이 쏴아쏴아쏴아 부는 밤
문풍지가 부웅붕 우는 밤
겨울밤 추운 밤.

우리는 화롯가에 모여 앉아
감자를 구워 먹으며 옛날 얘기를 합니다.

언니는 호랑이 이야기
누나는 공주 이야기
나는 오늘 밤도 토끼 이야기

감자를 두 번씩이나 구워 먹고 나도
우리는 잠이 안 옵니다.
겨울밤은 길고 깁니다.

우리는 콩을 볶아 먹습니다.
강냉이를 튀겨 먹습니다.
㉡그래도 겨울밤은 아직도 멀었습니다.

지문 ★☆☆
낱말 ★★☆

1 이 시의 시간적 배경을 찾아 쓰세요. (   )

이해

1주 3일 학습 끝!

붙임 딱지 붙여요.

2 말하는 이가 겨울밤을 보내기 위해 한 일이 아닌 것은 무엇입니까? (   )

이해

① 옛날 얘기를 했다.
② 일찍 잠이 들었다.
③ 콩을 볶아 먹었다.
④ 감자를 구워 먹었다.
⑤ 강냉이를 튀겨 먹었다.

3 ㉠과 바꾸어 쓸 수 있는 감각적 표현은 무엇입니까? (   )

어휘

① 참새가 짹짹 우는 밤
② 감이 말랑말랑 익는 밤
③ 새싹이 파릇파릇 돋는 밤
④ 나무가 부들부들 떠는 밤
⑤ 참기름 냄새 고소하게 나는 밤

4 이 시에서 말하는 이가 ㉡처럼 말한 까닭에 ○표 하세요.

추론

(1) 겨울밤이 짧아서 (   )
(2) 겨울밤이 길어서 (   )
(3) 겨울밤에 졸려서 (   )
(4) 겨울밤이 싫어서 (   )

5 이 시를 알맞게 감상한 친구를 골라 기호를 쓰세요. (   )

비판

㉮ 보라: 형제자매가 싸우는 모습이 재미있어.
㉯ 미려: 나도 감자를 구워 먹고, 콩을 볶아 먹고 싶어.
㉰ 기진: 말하는 이는 겨울밤이 길고 춥다고 느끼고 있어.

04 인물의 마음 변화 찾기

★「거인의 정원」 이야기로 미로 게임을 해 봐요. 거인의 마음이 어떻게 달라졌는지 생각하며 미로를 통과해 보세요.

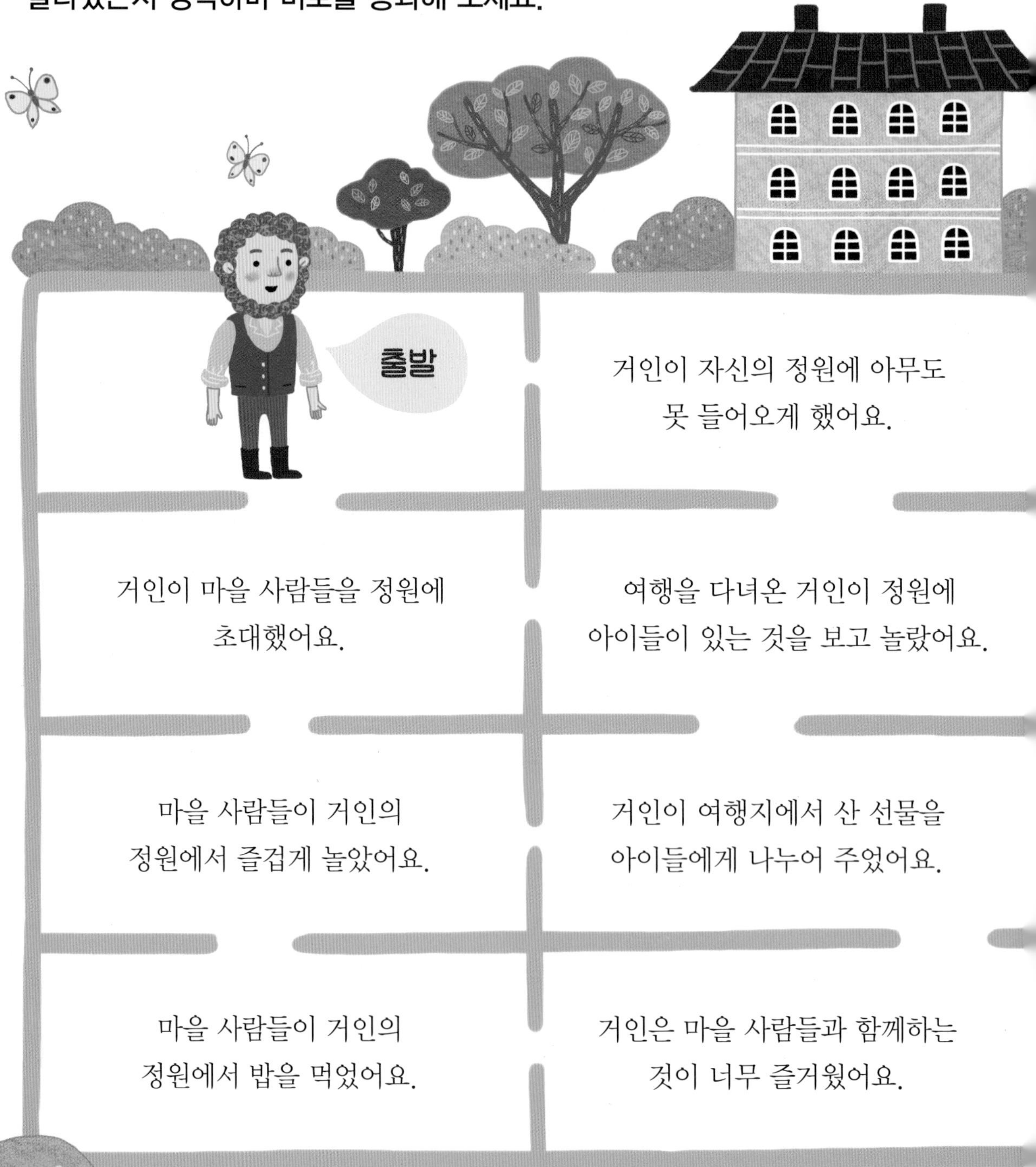

주제 탐구

글을 읽을 때 인물이 처한 상황이 어떤 상황인지 살펴보고, 그림에 나타난 인물의 표정과 모습을 살펴보면 인물의 마음을 짐작할 수 있습니다. 이야기 속에서 일어난 일과 다른 인물과의 관계에 따라 인물의 마음이 바뀔 수 있습니다.

거인은 정원을 가꾸는 것이 너무 힘들었어요.

아이들은 거인의 정원에서 노는 것이 재미있지 않았어요.

마음대로 자신의 정원에 들어온 아이들을 보고 거인이 화를 냈어요.

거인은 아이들과 함께 정원에 찾아온 겨울을 즐겼어요.

아이들이 사라지자 거인의 정원에만 봄이 오지 않았고, 거인은 그것이 이상했어요.

거인은 아이들이 찾아오는 것이 귀찮았어요.

거인이 아이들에게 정원 문을 열어 주고, 봄도 함께 찾아와 모두 무척 행복했어요.

유형 1 인물에게 일어난 일 파악하기

이야기 속에서 어떤 일이 있었는지 살펴보면서 인물의 마음의 변화를 파악하는 문제입니다.

1 **이 글에서 이반에게 어떤 일이 일어났는지 찾아 ○표 하세요.**

국어

"이상하네?"
이반은 땅속에 손을 집어넣었습니다. 무엇인가 뭉클거리는 것이 잡혔습니다. 그래서 꽉 움켜잡고 꺼냈습니다. 그것은 검은 나무뿌리처럼 생겼는데, 자세히 보니 도깨비였습니다.
"아니, 네놈이었어?"
이반이 도깨비를 땅바닥에 내리치려고 하자 도깨비가 발버둥 치며 말했습니다.
"잠깐만요. 제발 살려 주세요. 살려 주시면 뭐든 시키는 대로 하겠습니다."

(1) 나무뿌리를 캤다. (　　) (2) 도깨비와 헤어졌다. (　　)
(3) 도깨비를 잡았다. (　　) (4) 도깨비와 친구가 되었다. (　　)

유형 2 인물의 행동에 나타난 인물의 마음 알기

이별하는 상황에 놓인 인물(춘향)의 마음을 짐작하는 문제입니다.

서럽게 원통하고 슬프게.

2 **춘향이 ㉠처럼 행동한 이유로 알맞은 것은 무엇입니까? (　　)**

국어

어느 날, 이몽룡은 아버지를 따라 한양으로 가게 되었다.
"춘향아, 이 일을 어쩌면 좋으냐. 너를 두고 한양에 가야 하다니……."
"도련님, 아니 되어요. 저는 어찌 살라고 두고 가십니까?"
춘향은 발을 동동 구르며 서럽게 눈물을 흘렸다.
"울지 마라, 춘향아. 내 마음도 아프다."
몽룡은 우는 춘향을 달래며 장원 급제를 하면 데려가겠다고 약속했다. ㉠고향에 남은 춘향은 좀처럼 울음을 그칠 수가 없었다.

① 주위에서 놀려서
② 헤어지기 아쉬워서
③ 다리가 너무 아파서
④ 다시 못 만날 것을 알아서
⑤ 부모님께 야단을 맞아서

3 ㈎~㈐에 나타난 박쥐의 마음이 알맞게 짝지어진 것은 무엇입니까? (　　　)

국어

㈎ 사자가 왕인 들짐승들의 나라와 독수리가 왕인 날짐승들의 나라 사이에 전쟁이 났어요. 그런데 날짐승들이 위험해지자, 겁이 난 박쥐는 날개를 접고 사자 앞으로 갔어요.

"사자님, 저는 쥐의 친척이에요. 저를 들짐승들의 편에 끼워 주세요."

사자는 기뻐하며 박쥐를 자기편에 끼워 주었어요.

㈏ 날짐승들에 쫓겨 들짐승들이 도망치자 박쥐도 두려워졌어요. 그래서 날개를 활짝 펴고 독수리 앞으로 갔어요.

"독수리님, 저는 보시다시피 날개가 달린 새입니다. 새의 편에서 싸우고 싶습니다."

독수리는 기뻐하며 박쥐를 자기편에 끼워 주었어요.

㈐ 싸움에 지친 들짐승과 날짐승들은 싸움을 그만두고 사이좋게 지내기로 했어요. 하지만 그동안 비겁하게 행동했던 박쥐는 어느 쪽에도 낄 수가 없었어요. 다른 동물들이 그동안 박쥐가 한 일을 알게 되었기 때문이에요. 박쥐는 너무 창피해서 어두운 동굴에서 숨어 지내게 되었답니다.

	㈎	㈏	㈐
①	슬픔	행복함	부끄러움
②	부끄러움	행복함	부끄러움
③	부끄러움	슬픔	행복함
④	두려움	두려움	부끄러움
⑤	두려움	부끄러움	행복함

유형 3 인물의 마음 변화 파악하기

인물의 처한 상황에 따른 마음 변화를 파악하는 문제입니다.

들짐승 들에 사는 짐승.
날짐승 날아다니는 짐승을 통틀어 이르는 말.

●**글의 종류** 이야기(소설)

●**글의 특징** 이 글은 프랑스 작가인 생텍쥐페리가 쓴 『어린 왕자』의 일부로, 사막에 추락한 비행사가 어린 왕자를 만나서 이야기를 나누는 부분입니다.

●**낱말 풀이**
천진한 꾸밈이나 거짓이 없이 자연 그대로 깨끗하고 순진한.
숫양 양의 수컷.

(가) 나는 양을 그렸다.

아이는 내 그림을 유심히 보더니, 이렇게 말했다.
"아니, 아니에요! 이 양은 벌써 병들었는걸요. 다른 양을 그려 줘요."
나는 양을 다시 그렸다.

꼬마 친구는 천진한 얼굴로 말했다.
"아이참! 이건 숫양이잖아요. 뿔이 있으니까……."

(나)

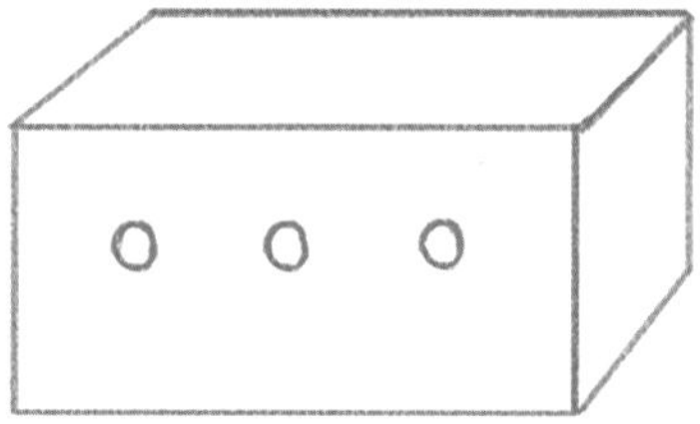

"이건 상자야. 네가 원하는 양은 이 안에 들어 있어."
내 어린 ㉠심판관의 얼굴이 환해지는 것을 보고 나는 흠칫 놀랐다.
"이게 바로 내가 원하던 거예요! 이 양에게 풀을 많이 줘야 할까요?"
"왜?"
"왜냐하면 내가 사는 곳은 엄청 작아서……."
"아마 괜찮을 거다. 내가 너에게 그려 준 양은 아주 작거든."
아이는 고개를 숙이고 그림을 들여다보았다.

생텍쥐페리, 『어린 왕자』

지문 ★☆☆
낱말 ★☆☆

붙임 딱지 붙여요.

1 이해

이 글에 나오는 등장인물을 모두 찾아 쓰세요. (   )

2 이해

이 글에서 알 수 있는 아이의 마음은 무엇입니까? (   )

① 아이는 숫양을 원했다.
② 아이는 병든 양을 원했다.
③ 아이는 말이 보고 싶었다.
④ 아이는 원하는 그림이 보고 싶었다.
⑤ 아이는 양 그림을 처음부터 마음에 들어 했다.

3 추론

'나'가 아이를 ㉠이라고 부른 이유는 무엇입니까? (   )

① 아이가 진짜 심판관이라서
② 아이의 이름이 심판관이라서
③ 심판관이라 불러 달라고 해서
④ 심판관이 되고 싶어 하는 아이라서
⑤ 아이가 심판관처럼 까다롭게 판단해서

4 추론

다음 그림을 본 아이의 마음을 찾아 선으로 이으세요.

(1)

(2)

(3)
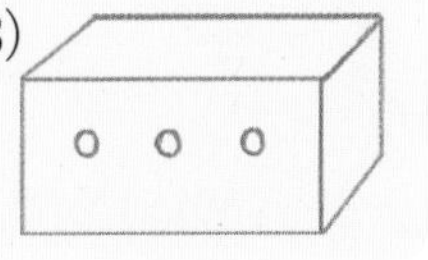

①

②

05

1주

제안하는 글 알기

★ 친구들이 학교 곳곳의 문제를 조사하였어요. 다음 상황에 알맞은 제안하는 말을 보기에서 찾아 수첩에 쓰세요.

보기

- 화단을 밟지 마세요!
- 수돗물을 아껴 쓰세요!
- 분리수거를 제대로 합시다!
- 창문에 기대어 장난을 치지 마세요!

주제 탐구

어떤 일이나 문제가 생겼을 때 이것을 해결하기 위하여 의견을 내는 것을 '제안'이라고 하고, 이 제안을 쓴 글을 제안하는 글이라고 합니다. 제안하는 글을 읽을 때에는 문제 상황이 무엇이고, 제안하는 내용과 제안하는 까닭이 무엇인지 살펴야 합니다.

유형 1 제안하는 글에서 문제 상황 찾기

제안하는 글에 나타난 문제 상황과 이에 대해 글쓴이가 제안한 내용을 파악하는 문제입니다.

1 이 글의 문제 상황은 무엇입니까? (　　　)

국어

우리 학교는 1교시가 시작되기 전 아침 시간을 '독서 시간'으로 정하고 있습니다. 이 시간에는 학생들이 자유롭게 자기가 원하는 책을 읽도록 되어 있습니다.

하지만 요즘 독서 시간에 떠들거나 돌아다니는 친구들이 많아 책을 읽을 수 없습니다. 독서 시간에는 자리에 앉아 책을 읽으면 좋겠습니다. 왜냐하면 독서 시간에 차분히 앉아서 책을 읽어야 공부할 준비를 할 수 있기 때문입니다.

① 지각을 하는 것
② 공부를 하지 않는 것
③ 수업 시간에 떠드는 것
④ 친구와 친하지 않은 것
⑤ 독서 시간에 떠들거나 돌아다니는 친구가 많은 것

유형 2 제안하는 글에서 제안하는 내용 알기

제안하는 글에 나타난 문제 상황과 글쓴이가 제안하는 내용이 무엇인지 파악하는 문제입니다.

2 이 글에서 제안하는 내용을 찾아 빈칸에 알맞은 말을 쓰세요.

도덕

'말은 그 사람의 얼굴'이라는 말이 있습니다. 말을 보면 그 사람이 어떤 사람인지 알 수 있다는 뜻입니다. 그러나 요즘 친구들의 말을 보면, 바르고 고운 말 대신 나쁘고 거친 말이 많은 것이 사실입니다. 이렇게 나쁜 말을 쓰다 보면 듣는 사람은 기분이 나쁠 수밖에 없습니다.

서로 마음을 다치지 않도록 바르고 고운 말을 쓰면 어떨까요? '내가 지금 쓰는 말을 다른 사람이 들었을 때 어떤 기분일까?'를 생각하면 누구나 바르고 고운 말을 쓸 수 있습니다.

• □□□ □□ □을 쓰자!

3 ㉠~㉤ 중 ㉮의 까닭에 해당하는 것을 모두 찾아 기호를 쓰세요. (　　　　)

사회

매년 3월 22일은 유엔에서 정한 '세계 물의 날'이에요. ㉠물의 소중함을 알리기 위해 정해진 날입니다. 사실 우리 주위에는 물의 소중함을 모르는 경우가 많습니다. 양치를 할 때 수도꼭지를 잠그지 않고 하기도 하고, 설거지나 빨래를 할 때 세제를 지나치게 많이 쓰기도 합니다. ㉡오죽하면 마구 헤프게 쓰는 것을 가리켜 '물 쓰듯 한다.'고 하겠습니까?

하지만 ㉮물은 아껴서 써야 합니다. ㉢지구상의 물은 많지만 실제 우리가 사용할 수 있는 물은 많지 않기 때문입니다. 특히 우리나라는 이미 1990년에 물이 부족한 '물 부족 국가'로 분류되었으며, 2025년에는 물이 절대적으로 부족한 '물 기근 국가'로 분류될 것으로 예상되고 있습니다. 그럼에도 불구하고 물을 아끼지 않고 있습니다. 아래 제시한 자료처럼 우리나라 국민 1인당 물 사용량은 다른 나라에 비해 많은 편입니다.

㉣그러나 물이 부족하면 생활 전체가 힘들어질 수밖에 없습니다. 먹고 씻는 것은 물론, 살기 어려워질 수도 있습니다. 우리가 살기 위해서는 필수적으로 물이 필요하기 때문입니다. ㉤따라서 우리는 물이 소중하다는 것을 깨닫고 물을 아껴서 써야 합니다.

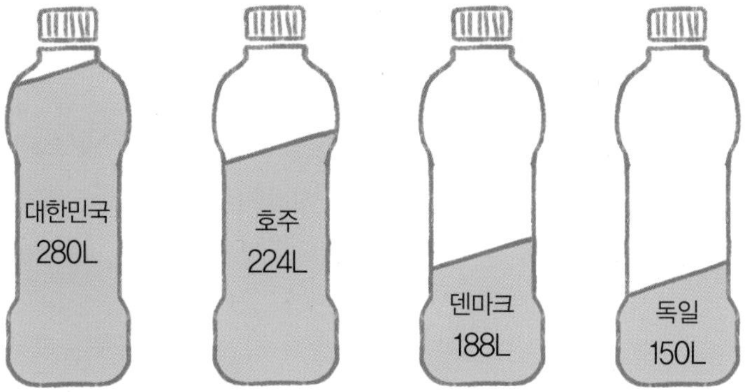

세계 주요국 1인당 하루 물 사용량

유형 3 제안하는 글에서 제안하는 까닭 찾기

'왜냐하면 ~하기 때문입니다. 만약 ~하면 ~할 수 있습니다(없습니다).' 같은 제안의 까닭을 찾는 문제입니다.

헤프게 물건이나 돈 따위를 아끼지 않고.

기근 최소한의 수요도 채우지 못할 만큼 심히 모자라는 상태를 비유적으로 이르는 말.

● **글의 종류** 제안하는 글(논설문)

● **글의 특징** 이 글은 층간 소음 문제가 심각한 상황을 알리고 '층간 소음을 줄이자.'고 제안하는 내용입니다.

● **중심 내용**
㈎ 층간 소음이 심각함.
㈏ 아파트에서는 층간 소음을 조심해야 함.
㈐ 이웃을 생각하는 마음을 갖는다면 층간 소음을 줄일 수 있음.

● **낱말 풀이**
공동 주택 여러 가구가 한 건축물 안에서 각각 따로 생활을 할 수 있게 설계하여 지은 큰 집.

지문 ★☆☆

낱말 ★★☆

㈎ 어젯밤에 자려고 누웠는데 윗집에서 '쿵쿵쿵' 발소리가 났어요. 그리고 '뚱땅뚱땅' 피아노 소리도 들렸지요. 우리 집은 아파트라 윗집에서 나는 소리가 아랫집인 우리 집까지 들리지요. 옆집에서 공놀이하는 소리가 들리기도 해요. 우리 아파트는 이렇게 이웃에서 나는 ㉠층간 소음 문제가 심각해요. 그래서 어떤 때는 잠을 설치기도 하고, 또 어떤 때는 짜증이 나기도 하지요.

㈏ 이웃이 함께 사는 아파트에서는 층간 소음이 생기지 않도록 조심해야 해요. 우선 밤에는 집 안에서 뛰거나 시끄러운 놀이를 하지 말아야 해요. 그리고 밤에는 TV 소리도 줄이고, 음악을 들을 때도 소리를 줄여서 들어야 해요. 물론 피아노와 바이올린 같은 악기의 연습은 낮에 하는 것이 좋아요. 그래서 층간 소음을 줄여야 하지요.

㈐ 왜냐하면 아파트는 여러 사람이 같이 사는 공동 주택으로, 우리 집 바닥이 다른 집의 천장이기도 하고 우리 집 벽이 다른 집의 벽이기도 하기 때문이에요. 그러니까 우리 집에서 나는 소리가 다른 집에도 쉽게 들릴 수 있다는 것을 잊지 말아야 해요. 이웃을 생각하는 마음을 갖는다면 층간 소음은 크게 줄일 수 있을 거예요. 그리고 이웃을 위해 조금씩만 배려한다면 모두가 행복하게 살 수 있을 거예요.

1주 5일 학습 끝!

붙임 딱지 붙여요.

1 이해 **이 글에서 제안하는 내용을 찾아 빈칸에 알맞은 말을 쓰세요.**

• 아파트에서 ☐☐ ☐☐ 이/가 생기지 않도록 조심해야 합니다.

2 구조 **(가)~(다)가 각각 어떤 내용에 해당하는지 선으로 이으세요.**

(1) (가) •		• ① 제안하는 내용
(2) (나) •		• ② 문제 상황
(3) (다) •		• ③ 제안하는 까닭

3 추론 **㉠에 해당하는 소리가 아닌 것은 무엇입니까? (　　　)**

① '통통' 밤에 공놀이하는 소리
② '쿵쿵쿵' 밤중에 뛰는 소리
③ '아아아' 밤에 노래하는 소리
④ '뚱땅뚱땅' 밤에 피아노 치는 소리
⑤ '소곤소곤' 밤에 속삭이는 소리

4 문제해결 **이 글에서 제안하는 내용을 보기를 참고하여 표어로 만들어 보세요.**

보기

우리 집 바닥은 이웃집 천장
조심히 다니며 층간 소음을 줄여요!

포함하는 말과 포함되는 말

'채소'는 밭에서 키운 농작물을 가리키는 말이에요. 밭에서 키운 호박, 배추, 가지, 오이, 양파, 배추, 깻잎 등은 모두 채소에 포함되는 말이에요. 따라서 채소는 포함하는 말이 되어요. 포함하는 말은 뜻의 범위가 커서 여러 낱말을 포함해요. 포함되는 말은 포함하는 말의 한 종류로 포함하는 말에 속해요.

●포함하는 말과 포함되는 말

포함하는 말	포함되는 말
과일	사과, 포도, 수박, 배, 바나나, 딸기, 오렌지 등
운동	농구, 야구, 축구, 탁구, 수영, 골프, 테니스 등
나무	잣나무, 참나무, 은행나무, 소나무, 향나무, 싸리나무 등
꽃	장미, 백합, 국화, 코스모스, 개나리, 목련, 철쭉, 진달래 등
동물	사자, 호랑이, 코끼리, 사슴, 다람쥐, 토끼, 기린, 개 등
악기	피아노, 기타, 첼로, 바이올린, 거문고, 가야금, 북, 심벌즈 등

1 다음에 해당하는 낱말을 쪽지에서 찾아 기호를 쓰세요.

(1) 포함하는 말은? (　　　　　　　　　　　　　　　　　　　　　)

(2) 포함되는 말은? (　　　　　　　　　　　　　　　　　　　　　)

2 다음 문장에 알맞은 말을 골라 ○표 하세요.

(1) 나무는 잣나무, 참나무, 소나무를 (**포함하는 말 / 포함되는 말**)이다.

(2) 과일에 포함되는 말에는 (**포도 / 감자**)가 있다.

(3) 장미는 꽃에 (**포함하는 말 / 포함되는 말**)이다.

이번 주 나의 독해력은?		
	이번 주 학습을 모두 끝마쳤나요?	
	글에서 중심 생각을 찾을 수 있나요?	
	글에서 감각적 표현을 찾을 수 있나요?	

정답 1. (1) ㉮ (2) ㉯, ㉰, ㉱, ㉲, ㉳, ㉴, ㉵, ㉶ 2. (1) 포함하는 말 (2) 포도 (3) 포함되는 말

2주

06 경험과 관련지어 내용 찾기

★ 친구들이 퀴즈 대회에 나왔어요. 설명하는 내용을 자신의 경험과 관련해 가장 잘 말한 친구에 각각 ○표 하고, 퀴즈의 정답을 빈칸에 쓰세요.

Q1 '이 날'은 음력 5월 5일로 우리나라의 큰 명절 중 하나예요. 모내기를 끝내고 풍년을 기원하는 날이기도 하지요. '이 날'의 풍속이나 행사로는 여러 가지가 있는데, 창포물에 머리 감기, 쑥과 익모초 뜯기를 하고, 그네뛰기, 활쏘기, 씨름 같은 민속놀이를 즐기기도 했답니다. '이 날'은 다른 말로 수릿날, 중오절, 천중절, 단양이라고도 하지요.

A 정답

• '이 날'은? [ ][ ]

Q2

'이 날'은 『춘향전』이라는 책에도 나옵니다. 이몽룡이 '이 날' 산책을 하다가 광한루에서 그네를 타고 있는 춘향을 만나지요. 뿐만 아니라 '이 날'은 신윤복이라는 유명한 화가의 「단오풍정」이라는 그림에서도 만나 볼 수 있어요. 그림에는 냇가에서 여인들이 둘러앉아 창포물에 머리를 감고 그네를 타는 모습이 담겨 있지요.

주제 탐구

글을 읽을 때 자신이 알고 있는 내용이나 경험, 알고 있는 내용과 다른 내용을 비교해 새롭게 알게 된 내용을 생각하면서 읽습니다. 이렇게 아는 내용이나 겪은 일과 관련지어 글을 읽으면 내용을 쉽고 흥미 있게 읽을 수 있고, 정보를 더 정확하게 얻을 수 있습니다.

유형 1 세부 정보 확인하기

글쓴이가 설명한 내용과 정보가 일치하는지 확인하는 문제입니다.

수칙 행동이나 절차에 관하여 지켜야 할 사항을 정한 규칙.

1 이 글에서 말한 내용이 맞으면 ○표, 틀리면 ×표 하세요.

국어

학교 안전 수칙을 모르는 사람은 없지만, 안전사고가 많이 발생하는 운동장에서 어떻게 해야 할까요?

첫째, 운동장에서 운동을 하기 전에 꼭 준비 운동을 해야 해요. 갑자기 심한 운동을 하게 되면 다칠 수가 있어요. 둘째, 운동 기구를 사용할 때는 조심해야 해요. 뜀틀, 철봉 등 운동 기구는 주의해서 사용하는 것이 좋아요. 셋째, 놀이 기구를 사용할 때는 차례를 지켜야 해요. 차례를 지키지 않으면 부딪혀서 크게 다칠 수 있어요.

이렇게 조심하면 안전사고를 충분히 예방할 수 있어요.

(1) 안전사고는 조심해도 일어난다. ( )

(2) 운동을 하기 전에 꼭 준비 운동을 해야 한다. ( )

(3) 놀이 기구를 사용할 때는 차례를 지켜야 한다. ( )

유형 2 겪은 일과 비교하며 글 읽기

글의 내용을 겪은 일과 관련지어 읽을 수 있는지 묻는 문제입니다.

2 이 글을 겪은 일과 관련지어 읽은 친구에 ○표 하세요.

도덕

미국의 발명가이자 정치가였던 벤자민 프랭클린은 수많은 일을 이룬 인물로 잘 알려져 있어요. 프랭클린은 '시간은 돈이다.'라고 생각해 시간을 알차게 쓰는 것을 중요하게 생각했어요. 프랭클린은 가장 먼저 중요한 일과 그렇지 않은 일을 나누었어요. 그리고 중요한 일을 다시 급한 일과 그렇지 않은 일로 나누었지요. 그래서 일의 순서를 정했어요. 덕분에 프랭클린은 남들과 같은 시간 안에 많은 일을 해낼 수 있었답니다.

3 다음 빈칸에 들어가기에 알맞지 않은 것에 ○표 하세요.

사회

전등사

강화도는 인천광역시에 있는 섬입니다. 제주도, 거제도, 진도에 이어 네 번째로 큰 섬으로, 볼거리가 많은 곳이기도 합니다. 특히 강화도는 우리 역사가 고스란히 남아 있어서 역사를 **탐방하기** 좋습니다.

먼저 강화도에서는 **선사 시대** 문화재를 찾을 수 있습니다. 청동기 시대에 만든 무덤인 고인돌을 볼 수 있고, 참성단도 볼 수 있습니다. 참성단은 단군이 하늘에 제사를 올리기 위해 쌓은 **제단**이라 전해집니다.

그리고 강화도에서는 삼국 시대 문화재를 찾을 수 있습니다. 고구려 때 지어진 절인 전등사, 신라 때 지어진 절인 보문사가 있습니다.

또한 고려 시대의 문화재도 많이 있습니다. 외적의 침략을 막기 위해 쌓은 성도 있고, 외적을 피해 옮긴 궁궐과 **관아**의 흔적도 강화도에서 찾을 수 있습니다.

끝으로 강화도에서는 조선 시대 문화재도 볼 수 있습니다. 조선 시대에는 왕실에서 역사를 기록했습니다. 그리고 그 역사책을 강화도 **사고**에 보관하며 귀하게 여겼습니다.

이처럼 강화도에 오면 문화재를 하나하나 찾아가며 당시의 모습을 살펴볼 수 있습니다.

• 나는 이 글을 읽고 [ ]을 새롭게 알게 되었어.

(1) 강화도에 선사 시대 문화재가 있다는 것 ( )

(2) 강화도에 삼국 시대 문화재가 있다는 것 ( )

(3) 강화도를 찾는 관광객이 네 번째로 많다는 것 ( )

(4) 강화도에 역사책을 보관하는 사고가 있다는 것 ( )

유형 3 새롭게 알게 된 내용을 생각하며 읽기

글을 자신이 아는 내용이나 겪은 일과 비교하며 읽으면서 새롭게 알게 된 내용을 정리해 보는 문제입니다.

탐방하기 어떤 사실이나 소식 따위를 알아 내기 위하여 사람이나 장소를 찾아가기에.

선사 시대 역사에 대한 글로 남은 기록이 전혀 존재하지 않는 시대. 석기 시대와 청동기 시대.

제단 제사를 지내는 단.

관아 예전에 벼슬아치들이 나랏일을 처리하는 곳.

사고 국가의 중요한 서적을 보관하던 서고.

★ 경험과 관련지어 내용을 생각하며 글을 읽어 보세요.

●**글의 종류** 설명하는 글(설명문)

●**글의 특징** 자연재해 중 지진에 대해 설명하고, 지진 대처 방법에 대해 알려 주는 글입니다. 지진이 발생했을 때의 대처법을 크게 세 가지로 정리해서 보여 줍니다.

●**중심 내용**
(가) 지진이 났을 때 대처 방법을 알아 두는 것이 중요함.
(나) 지진이 나면 안전한 곳으로 피함.
(다) 지진이 나면 엘리베이터를 타지 않음.
(라) 지진이 나면 교통수단에서 내림.
(마) 지진이 났을 때 평소에 미리 준비해야 적절하게 대처할 수 있음.

●**낱말 풀이**
지표 지구의 표면. 또는 땅의 겉면.
예고 미리 알림.
전복되면 차나 배 따위가 뒤집히면.
예측하기 미리 헤아려 짐작하기.
대처할 어떤 정세나 사건에 대하여 알맞은 조치를 취할.

지문 ★★☆
낱말 ★★☆

(가) ㉠지진은 지구 내부의 에너지가 지표로 나와 땅이 갈라지며 흔들리는 현상입니다. 지진이 발생하면 땅이 갈라지고, 건물이 넘어지고, 물건이 떨어지는 등 피해가 발생합니다. 그리고 지진은 예고 없이 찾아오기 때문에 인명 피해를 줄 수 있습니다. 그러므로 지진 피해를 줄이기 위해서 지진이 났을 때 어떻게 하면 좋을지 미리 알아 두는 것이 중요합니다.

(나) 첫째, 지진이 나면 안전한 곳으로 피합니다. 집 안에 있다면 탁자나 책상 아래로, 학교에 있다면 책상 아래로 몸을 피합니다. 실외에 있다면 빠르게 운동장이나 공원 같은 넓은 공간으로 몸을 피합니다.

(다) 둘째, 엘리베이터를 타지 않습니다. 지진이 나면 엘리베이터를 타지 말고 계단을 이용해야 합니다. 지진으로 엘리베이터가 멈추거나 추락할 수도 있기 때문에 엘리베이터를 이용하는 것은 위험합니다.

(라) 셋째, 교통수단에서 안전하게 내립니다. 지진이 났을 때 자동차를 타고 있다면 서서히 속도를 줄여 도로 오른쪽에 차를 세우고 내립니다. 차가 지진으로 전복되면 차 안에서 나오지 못할 수 있으므로 차에서 내려야 합니다. 만약 전철을 타고 있다면 지진으로 지하철이 흔들릴 때는 넘어지지 않게 손잡이를 꼭 잡고, 전철이 멈춘 다음에 조심해서 내립니다.

(마) 지진은 언제 발생할지 예측하기 힘든 자연재해입니다. 따라서 지진이 나면 어떻게 할지 평소에 미리 준비해 두는 것이 좋습니다. 그래야 위험할 때 적절하게 대처할 수 있습니다.

안전한 곳으로 피하기

계단으로 이동하기

교통수단에서 내리기

붙임 딱지 붙여요.

1 이 글에서 ㉠과 관련 없는 현상은 무엇입니까? (　　　)

이해

① 땅이 갈라진다.
② 건물이 넘어진다.
③ 물건이 떨어진다.
④ 사람들이 다칠 수 있다.
⑤ 물 부족으로 식물이 마른다.

2 이 글에서 지진이 났을 때 해야 할 행동으로 알맞지 않은 것은 무엇입니까? (　　　)

이해

① 차에서 내린다.
② 계단을 이용해 이동한다.
③ 책상 아래로 몸을 피한다.
④ 엘리베이터를 타고 빨리 이동한다.
⑤ 실외에 있을 때는 운동장 등과 같이 넓은 곳으로 이동한다.

3 (가)~(마) 중 다음 경험과 관련지어 읽을 수 있는 문단의 기호를 쓰세요.

구조

얼마 전 지진이 난 곳의 시민들이 운동장으로 피한 것을 텔레비전으로 본 적이 있어.

(　　　　)

4 이 글을 읽고 새롭게 알게 된 것을 잘 말한 친구에 ○표 하세요.

비판

(1) 지진은 일어나지 않았으니까 관심 없어.

(2) 지진이 나면 내가 있는 곳에서 어떻게 해야 할지 알게 되었어.

(3) 지진이 나도 어른이나 선생님을 따르면 돼.

2주

07 글을 읽고 중심 생각 찾기

★ 고양이가 중심 문장과 뒷받침 문장이 적힌 카드를 빠뜨렸어요. 물에 빠진 문장들 중 중심 문장을 찾아 ○표 하세요.

주제 탐구

글을 읽고 중심 생각을 찾기 위해서는 문단의 중심 문장을 찾아 중심 생각을 간추려야 합니다. 문단은 중심 문장과 뒷받침 문장으로 구성되기 때문입니다. 글에서 각 문단을 대표하는 중심 문장을 찾으면 글 전체의 중심 생각을 파악할 수 있습니다.

유형 1 중심 문장 찾기

여러 문장 중에서 중심 문장을 찾는 문제입니다.

멸종 생물의 한 종류가 아주 없어짐.

1 ㉠~㉣ 중 이 글의 중심 문장을 찾아 기호를 쓰세요. (　　　)

과학

㉠현재 지구상의 많은 동물이 멸종 위기에 놓여 있어요. ㉡아프리카 동쪽의 작은 섬에 살던 도도새는 사람과 함께 다른 동물이 섬으로 오게 되어 멸종했어요. ㉢그리고 미국에서 흔히 볼 수 있던 여행비둘기는 사람들이 마구 사냥을 하면서 멸종되고 말았지요. ㉣이 외에 동화 속 인어를 닮은 듀공, 인도네시아 코모도 섬에 사는 코모도왕도마뱀, 아마존강 돌고래 등도 멸종 위기에 놓인 동물이에요.

도도새

유형 2 뒷받침 문장 찾기

문단에서 문단을 구성하는 중심 문장과 뒷받침 문장을 구분하는 문제입니다.

2 ㈎와 ㈏의 뒷받침 문장에 대한 설명으로 맞으면 ○표, 틀리면 ×표 하세요.

사회

㈎ ㉠우리는 전기를 아껴 써야 해요. ㉡선풍기, 에어컨, 냉장고, 세탁기, 텔레비전, 밥솥, 컴퓨터, 휴대폰 등 우리가 쓰고 있는 많은 전자 제품들은 전기를 필요로 하지요. ㉢그러므로 전기가 없거나 부족하면 많은 문제가 생겨요.

㈏ ㉣사실 우리가 사용하는 전기는 석유나 석탄과 같은 화석 연료를 이용해 만드는 경우가 많아요. ㉤그런데 이 화석 연료는 그 양이 한정되어 있어 조만간 더 이상 쓸 수가 없다고 해요. ㉥석유는 50년 안에, 석탄은 150년 안에 바닥이 난다고 하지요. ㉦따라서 우리가 전기를 아껴 쓰지 않으면 화석 연료 역시 조만간 없어질 거예요.

(1) ㈎에서 ㉠은 뒷받침 문장이다. (　　　)

(2) ㈎에서 ㉡과 ㉢은 뒷받침 문장이다. (　　　)

(3) ㈏에서 ㉣, ㉤, ㉥은 뒷받침 문장이다. (　　　)

(4) ㈏에서 ㉦은 뒷받침 문장이다. (　　　)

3 다음은 이 글을 읽고 전체의 중심 생각을 정리한 것이에요. 빈칸에 알맞은 낱말을 쓰세요.

사회

다른 건 나쁜 게 아니에요!

㈎ 인도 사람들은 숟가락이나 포크를 사용하지 않고 오른손으로 밥을 먹습니다. 프랑스 사람들은 양손으로 포크와 나이프를 들고 밥을 먹습니다. 일본 사람들은 밥그릇을 들고 젓가락으로 밥을 먹고, 우리나라 사람들은 밥그릇을 내려놓고 숟가락과 젓가락을 이용해 밥을 먹습니다. 나라마다 식사를 할 때 사용하는 도구나 방법이 다릅니다.

㈏ 이렇게 식사 문화가 다른 것은 나라마다 역사가 다르고 생활 환경이 다르기 때문입니다. 어느 것이 좋고 어느 것이 나쁜지를 따질 수 있는 문제가 아닙니다. 맨손으로 밥을 먹고, 도구를 들고 밥을 먹고, 밥그릇을 들고 젓가락으로 밥을 먹고, 밥그릇을 내려놓고 숟가락과 젓가락으로 밥을 먹는 것은 그 나라의 문화입니다.

㈐ 그런데 서로 다른 문화를 놓고 '어떤 문화가 좋고 어떤 문화가 나쁘다'고 생각하는 사람들이 있습니다. 이렇게 어느 한 쪽의 문화만 옳다고 생각하는 것을 '문화적 편견'이라고 합니다. 이것이 생기는 이유는 자신과 다른 문화를 이해하지 않고 불편하게 여기고 잘못되었다고 생각하기 때문입니다.

㈑ 그러나 문화적 편견은 바람직하지 않습니다. 지구상에는 많은 사람들이 살아가고 있고 나라마다 언어나 역사가 다르듯, 나라마다 문화가 다를 수 있습니다. 이렇게 다른 문화에 문화적 편견을 갖게 되면 그 나라와 그 나라에 사는 사람들을 제대로 이해할 수 없습니다.

• 나라마다 다른 문화를 이해하려면 문화적 ☐☐ 을/를 버려야 한다.

유형 3 글 전체의 중심 생각 찾기

제목과 문단의 중심 문장을 찾아 글 전체의 중심 생각을 찾아 써 보는 문제입니다.

문화 의식주를 비롯하여 언어, 풍습, 종교, 학문, 예술, 제도 따위를 모두 포함하는 행동 양식이나 생활 양식.
편견 공정하지 못하고 한 쪽으로 치우친 생각.

● **글의 종류** 주장하는 글(논설문)

● **글의 특징** 즉석식의 문제점을 근거로 들어 '즉석식을 줄이고 건강한 먹거리를 먹자.'는 주장을 펼치고 있습니다. 즉석식을 줄여야 하는 이유를 들어 주장을 뒷받침하고 있습니다.

● **중심 내용**

1문단 즉석식을 먹으면 안 되는 까닭을 알아봄.
2문단 즉석식은 빠르고 간편하게 먹을 수 있어서 바쁜 사람들이 즐겨 먹음.
3문단 즉석식을 많이 먹으면 여러 가지 문제가 생김.
4문단 즉석식에는 우리 몸에 꼭 필요한 영양소가 균형 있게 들어 있지 않음.
5문단 즉석식은 환경 오염 문제를 일으킴.
6문단 즉석식을 줄이고 건강한 먹거리를 먹어야 함.

● **낱말 풀이**

감칠맛 음식물이 입에 당기는 맛.
첨가물 식품 따위를 만들 때 보태어 넣는 것.
조미료 음식의 맛을 알맞게 맞추는 데에 쓰는 재료.
무기질 생명체가 몸을 유지하기 위해 없어서는 안 되는 영양소.

지문 ★☆☆
낱말 ★★☆

㉠

"패스트푸드는 먹으면 안 돼!"라는 부모님의 말씀을 들어 본 적 있나요? 패스트푸드는 즉석식을 가리키는 말로, 왜 먹으면 안 되는지 한번 알아볼게요.

먼저, 즉석식은 빠르고 간편하게 먹을 수 있는 음식을 말해요. 햄버거, 프라이드치킨, 감자튀김 등은 주문하면 오래 기다리지 않고 그 자리에서 바로 먹을 수 있는 음식이지요. 이것들은 감칠맛이 나고, 빨리 먹을 수 있어서 바쁜 사람들이 즐겨 먹어요.

하지만 즉석식을 너무 많이 먹으면 여러 가지 문제가 생길 수 있어요. ㉮즉석식에는 식품을 오래 보관할 수 있도록 여러 첨가물을 넣는데, 이것들은 몸에 좋지 않은 성분이 섞여 있기도 해요. ㉯뿐만 아니라 맛을 좋게 하려고 조미료나 소금, 설탕도 많이 사용해요.

㉰즉석식에는 우리 몸에 꼭 필요한 영양소가 균형 있게 들어 있지 않아요. 즉, 비타민, 무기질 등 우리 몸에 필요한 영양소가 부족하지요.

㉱또한 즉석식은 대부분 일회용 용기에 포장된 경우가 많아요. 플라스틱이나 종이컵 등을 한 번 쓰고 버리기 때문에 쓰레기 문제나 환경 오염 문제를 더 심각하게 만들 수 있지요.

㉲즉석식은 빠르고 간편하게 먹을 수 있다는 장점이 있어요. 하지만 우리의 건강에도 좋지 않고 환경에도 좋지 않지요. 그러므로 우리는 즉석식을 줄이고 건강한 먹거리를 먹어야 해요.

붙임 딱지 붙여요.

1 이해 **이 글에서 글쓴이가 주장하는 내용에 ○표 하세요.**

(1) 즉석식은 빠르고 간편하게 먹는 음식을 말한다. (　　)
(2) 즉석식을 줄이고 건강한 먹거리를 먹어야 한다. (　　)
(3) 즉석식에는 몸에 좋지 않은 첨가물이 섞여 있다. (　　)
(4) 즉석식에는 몸에 필요한 영양소가 균형 있게 들어 있지 않다. (　　)

2 이해 **㉠에 들어갈 제목으로 알맞은 것은 무엇입니까? (　　　)**

① 즉석식의 역사
② 환경을 지켜요!
③ 햄버거가 좋아요!
④ 즉석식은 이제 그만!
⑤ 조미료는 쓰지 마세요!

3 이해 **㉮~㉲ 중 즉석식을 줄여야 하는 까닭에 해당하는 문장이 아닌 것의 기호를 쓰세요. (　　　)**

4 이해 **이 글을 읽고 중심 생각을 알맞게 말한 친구에 ○표 하세요.**

08 중심 생각을 찾아 간추리기

★ 친구들이 석굴암에 가서 안내문을 보았어요. 이 글을 가장 잘 간추린 친구에 ○표 하세요.

[안내문]

석굴암

석굴암이 만들어진 751년은 경덕왕 10년으로 통일 신라 때입니다. 따라서 석굴암을 보면 통일 신라의 뛰어난 문화와 기술을 엿볼 수 있습니다.

일연이 쓴 『삼국유사』에 따르면, 석굴암을 만든 것이 김대성이라는 것을 알 수 있습니다. 이 책에는 김대성이 부모를 위해서 경주 불국사를 짓고, 전생의 부모를 위해서는 석굴암을 지었다고 기록되어 있습니다.

석굴암은 우리나라 국보 제24호로 지정되어 있습니다. 뿐만 아니라 1995년에는 유네스코에서 제정한 세계 문화유산으로 등재되어 세계적인 문화유산으로 인정받게 되었습니다. 석굴암은 역사적 가치가 뛰어난 문화유산입니다.

주제 탐구

글을 읽고 중심 생각을 간추리는 방법은 여러 가지가 있습니다. 문단의 중심 문장을 찾아보고 중심 생각을 간추릴 수도 있고, 글의 제목을 보고 글 전체의 중심 생각을 간추릴 수도 있습니다. 또, 글에 있는 사진이나 그림을 보면서 글쓴이의 생각을 간추릴 수 있습니다.

유형 1 제목에서 중심 생각 짐작하기

글쓴이가 말하고자 하는 생각이 담긴 제목을 보고 중심 생각을 짐작하는 문제입니다.

1 이 글의 제목에서 짐작할 수 있는 내용은 무엇입니까? (   )

체육

빙상 경기의 종류

얼음 위에서 하는 경기를 가리켜 빙상 경기라고 합니다. 스피드 스케이팅, 피겨 스케이팅, 컬링 등이 빙상 경기에 속합니다. 먼저 스피드 스케이팅은 얼음 위에서 속도를 겨루는 경기로 빙상 경기의 가장 기본적인 종목입니다. 다음으로 피겨 스케이팅은 스케이트를 타고 얼음판에서 여러 가지 동작을 하여 기술의 예술성과 정확성을 겨루는 경기를 말합니다. 그리고 컬링은 빙판에 둥글고 납작한 돌을 미끄러뜨려 표적 안에 넣어 득점을 겨루는 경기입니다. 이 외에도 빙상 경기에는 아이스하키, 쇼트 트랙 등 다양한 종목이 있습니다.

① 빙상 경기의 뜻에 대한 내용일 것이다.
② 빙상 경기가 열리는 곳에 대한 내용일 것이다.
③ 빙상 경기의 속도가 어느 정도인지 알려 줄 것이다.
④ 빙상 경기에 대한 사람들의 관심에 대해 알려 줄 것이다.
⑤ 스피드 스케이팅, 피겨 스테이팅, 컬링, 아이스하키, 쇼트 트랙 등에 대해 설명할 것이다.

유형 2 문단을 대표하는 중심 문장 찾기

문단을 대표하는 중심 문장을 찾아 문단의 중심 생각을 찾는 문제입니다.

2 ㉠~㉥ 중 중심 문장을 찾아 기호를 쓰세요. (   )

도덕

㉠우리말에는 '가는 말이 고와야 오는 말이 곱다'는 속담이 있습니다. ㉡내가 다른 사람에게 말을 좋게 해야 그 사람도 나에게 말을 좋게 한다는 의미입니다. ㉢그런데 요즘 보면 어린이들이 말을 곱게 쓰지 않는 경우가 많습니다. ㉣욕이나 다른 사람들이 알아듣지 못하는 말을 섞어서 쓰는 일도 흔히 볼 수 있습니다. ㉤하지만 이런 말은 다른 사람은 물론 나에게 좋지 않습니다. ㉥바른 말, 고운 말을 사용합시다.

3 이 글에 실린 그림에서 알 수 있는 글쓴이의 중심 생각은 무엇입니까? (　　　)

도덕

유형 3 글의 사진이나 그림으로 중심 생각 파악하기

글에 있는 사진이나 그림을 보고 글쓴이의 의도를 파악하는 문제입니다.

도서관은 많은 친구들이 이용하는 곳이에요. 그리고 도서관의 책은 많은 친구들이 함께 보는 물건이지요. 오늘 자신이 본 책을 내일 다른 친구가 볼 수 있거든요.

그런데 종종 도서관의 책을 함부로 대하는 경우를 볼 수 있어요. 자신이 읽은 책을 제자리에 정리하지 않고 가는 경우, 책에 낙서를 하는 경우, 음식을 흘리는 경우, 심지어 책을 찢는 경우 등 책을 함부로 대하는 일을 볼 수 있어요. 이렇게 책을 함부로 다루면 결국 책은 망가져서 다른 친구는 물론 아무도 다시 볼 수 없어요.

그러므로 도서관의 책을 소중히 아껴 주세요. 자신이 읽은 책은 제자리에 다시 꽂아 주세요. 책에 낙서를 하고 싶어도 참아 주세요. 책장을 넘길 때는 조심해서 책이 찢어지지 않게 해 주세요. 이렇게 책을 소중하게 다루면 많은 친구들이 질 좋은 책을 오래오래 볼 수 있습니다.

① 책을 찢자.　　② 찢어진 책도 잘 읽자.

③ 책의 주인을 찾아 주자.　　④ 책 찢는 행사에 참여하자.

⑤ 도서관의 책을 함부로 다루지 말자.

●**글의 종류** 설명하는 글(설명문)

●**글의 특징** 편식하는 동물인 코알라와 판다에 대해 설명하는 글입니다. 코알라는 유칼리나무의 잎이나 새싹을, 판다는 대나무를 편식하는 동물이라는 것을 알려 주고 있습니다.

●**중심 내용**
(가) 편식은 바람직하지 않지만, 편식을 해야 잘 사는 동물이 있음.
(나) 코알라는 유칼리나무 잎과 새싹만 먹음.
(다) 판다는 대부분 대나무잎만 먹음.

●**낱말 풀이**
섭취하고 생물체가 양분 따위를 몸속에 빨아들이고.
유칼리나무 유칼립투스.

편식하는 동물

지문 ★★☆
낱말 ★★☆

(가) 음식을 골고루 먹지 않는 것을 ㉠편식이라고 해요. 고기만 먹는 것, 콩은 먹지 않는 것 등도 편식에 속하지요. 그런데 이런 편식은 바람직하지 않아요. 음식을 골고루 먹어야 영양소도 골고루 섭취하고 튼튼하게 잘 자랄 수 있기 때문이에요. 하지만 동물들 중에는 편식을 해야만 잘 살 수 있는 동물도 있답니다. 바로 코알라와 판다예요. 코알라와 판다가 어떤 음식을 편식하는지 한번 살펴볼까요?

(나) 먼저 오스트레일리아에 사는 코알라는 유칼리나무의 잎이나 새싹만을 먹고 살아요. 그래서 코알라는 유칼리나무 숲에서만 살며 나무 위에서 잘 내려오지도 않지요. 하루에 보통 20시간을 자고 나머지 시간에는 유칼리나무 잎이나 새싹을 먹어요. 그리고 코알라는 따로 물을 마시는 일이 거의 없어요. 유칼리나무의 잎이나 새싹을 먹어 그 안의 수분을 섭취하기 때문이에요.

(다) 다음으로 검정 무늬가 뚜렷한 판다 역시 편식을 하는 동물이에요. 야생 판다의 경우 먹는 것의 99퍼센트는 대나무예요. 물론 동물원의 판다는 과일과 우유 등을 일부 섭취하지만 이건 아주 적은 양으로, 대부분의 먹이는 역시 대나무이지요. 그래서 야생 판다는 대나무가 우거진 곳에서 주로 살면서 대나무를 편식하고 있어요.

2주 3일
학습 끝!

붙임 딱지 붙여요.

1 이해

이 글의 내용으로 알맞지 않은 것은 무엇입니까? (   )

① 판다는 편식을 한다.
② 편식을 하는 동물도 있다.
③ 코알라는 편식을 하는 동물이다.
④ 편식을 하는 동물은 모두 건강이 좋지 않다.
⑤ 음식을 골고루 먹지 않는 것을 편식이라고 한다.

2 구조

㈎~㈐의 중심 문장을 찾아 선으로 이으세요.

(1) ㈎ •	• ① 판다는 대나무를 편식한다.
(2) ㈏ •	• ② 코알라는 유칼리나무 잎을 편식한다.
(3) ㈐ •	• ③ 편식을 해야만 잘 살 수 있는 동물이 있다.

3 추론

㉠의 예에 해당하지 않는 것은 무엇입니까? (   )

① 김치를 먹지 않는 민서
② 불량 식품을 먹지 않는 태호
③ 카레에 든 당근만 빼고 먹는 은아
④ 생선은 먹지 않고 고기만 먹는 지훈
⑤ 고기는 먹지 않고 채소만 먹는 예진

4 이해

이 글의 중심 생각을 간추려 쓰세요.

09 시의 재미와 감동 나누기

★ 다음 시를 친구들이 함께 읽었어요. 시를 읽은 재미와 감동을 잘 표현한 친구에 모두 ○표 하세요.

이사 온 날 밤,
비바람 불고 천둥 치던
느낌을 재미있게
표현했어.

시에는 정말 무서운
도깨비가 나와.

시에서 말하는 이는
밤에 아주 푹
잘 잤어.

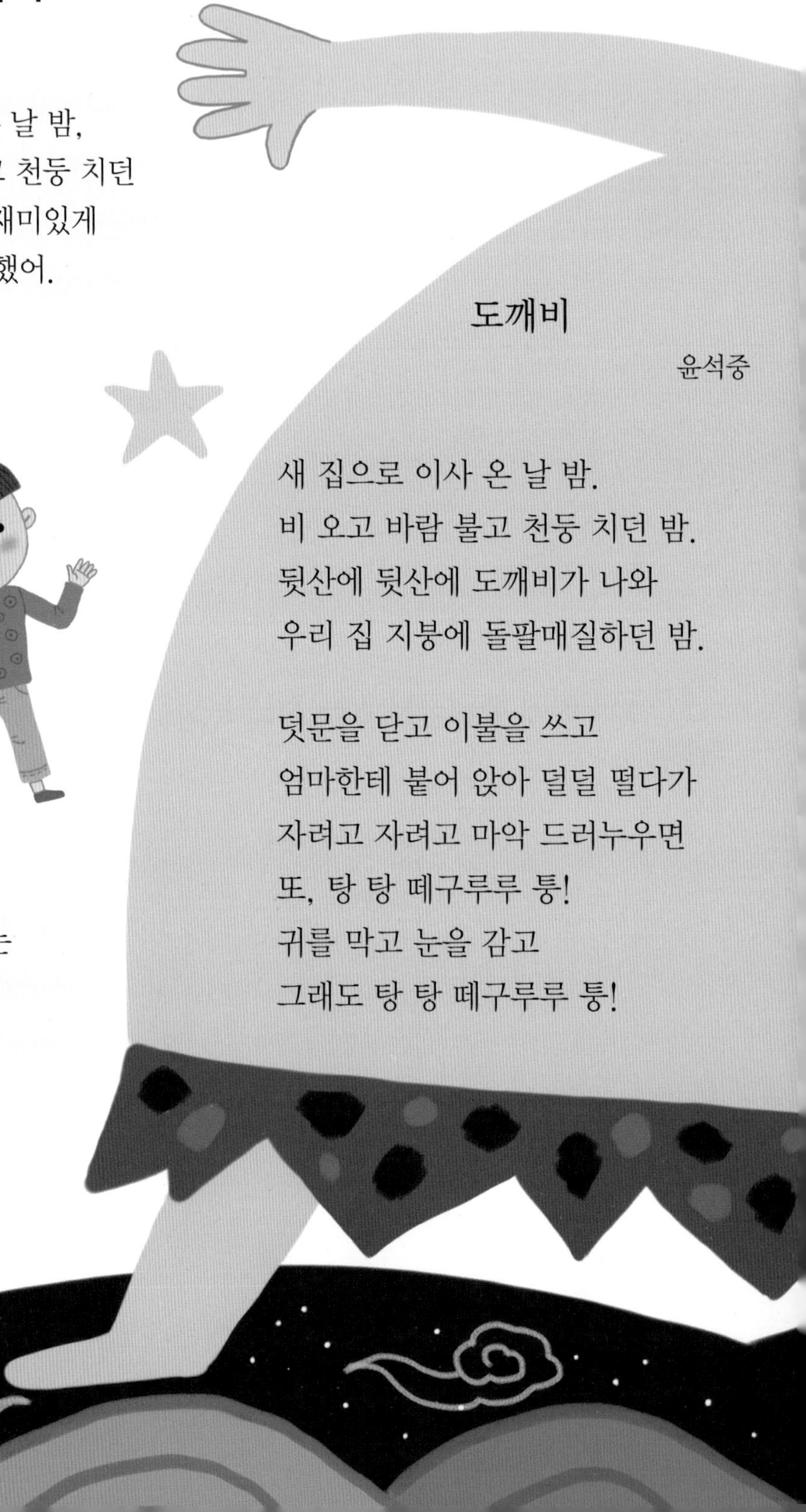

도깨비

윤석중

새 집으로 이사 온 날 밤.
비 오고 바람 불고 천둥 치던 밤.
뒷산에 뒷산에 도깨비가 나와
우리 집 지붕에 돌팔매질하던 밤.

덧문을 닫고 이불을 쓰고
엄마한테 붙어 앉아 덜덜 떨다가
자려고 자려고 마악 드러누우면
또, 탕 탕 떼구루루 퉁!
귀를 막고 눈을 감고
그래도 탕 탕 떼구루루 퉁!

이튿날 아침
뒷산에 뒷산에 가 보니까
복숭아나무 썩은 열매가
바람에 불려 떨어져서
탕, 탕, 생철 지붕을 치고는
떼구루루 굴러 내려
땅으로 퉁!

그래서 밤새도록
탕, 탕, 떼구루루 퉁!

주제 탐구

시를 읽고 재미와 감동을 느끼기 위해서는 시와 관련한 경험을 떠올리며 읽고, 시의 내용과 시에 사용된 감각적 표현을 찾으며 읽는 것이 좋습니다. 또, 시를 읽고 떠오른 생각이나 느낌을 친구들과도 나누어 봅니다.

유형 1 시에 사용된 흉내 내는 말 찾기

시의 재미를 주는 흉내 내는 말을 찾는 문제입니다.

1 이 시에서 사용된 흉내 내는 말을 찾아 빈칸에 쓰세요.

국어

달팽이

권정생

색시 달팽이가
방귀 뀌어 놓고

누가 보았을까 봐
누가 보았을까 봐

모가지 기다랗게 늘이고는
요리조리 살피다가

아무도 없으니까
그 속으로 쏘옥 들어가 잔다.

• 달팽이가 집으로 들어가는 모양을 흉내 내는 말로 '[ ][ ]' 이/가 쓰였다.

유형 2 시의 감상 표현하기

시를 읽고 시의 내용을 파악하여 떠오르는 생각이나 느낌을 알맞게 말한 것을 찾는 문제입니다.

2 이 시를 읽고 떠오른 생각이나 느낌으로 알맞은 것은 무엇입니까? (　　　)

국어

비 오는 날

김용택

하루 종일 비가 서 있고
하루 종일 나무가 서 있고
하루 종일 산이 서 있고
하루 종일 옥수수가 서 있고

하루 종일 우리 아빠 누워서 자네.

① 비를 맞는 사람의 모습이 떠올라 재미있어.
② 비 오는 것을 서 있다고 표현한 것이 어색해.
③ 말하는 이는 비 오는 날을 싫어하는 것 같아.
④ 말하는 이는 비 오는 날에 엄마가 그리운 것 같아.
⑤ 비 오는 날에 모두가 서 있는데 아빠만 누워 있는 모습이 인상적이야.

3 **이 시의 말하는 이와 비슷한 경험을 떠올린 친구에 ○표 하세요.**

국어

골짜기

박수희

깊은 산속 골짜기에
자그마한 옹달샘
파아란 하늘 위에
뭉게뭉게 구름

두 손 가득
물 담아 마시면
몸속으로 들어오는
뭉게뭉게 구름

(1) 나는 뭉게구름이 그려져 있는 그림이 떠올랐어.

(2) 미세 먼지가 가득한 산속이 생각났어.

(3) 나는 아빠와 산에 가서 약수를 마신 일이 떠올랐어.

유형 3 말하는 이처럼 느낀 경험 나누기

시에서 말하는 이처럼 느낀 경험을 비교해 보는 문제입니다.

골짜기 산과 산 사이에 움푹 패어 들어간 곳.
파아란 '파란'의 시적 표현을 이름.

●글의 종류 동시

●글의 특징 가을밤, 바람에 문풍지가 흔들리고, 가랑잎이 날리고, 달빛이 스며든 모습을 흉내 내는 말로 재미있게 표현했습니다.

●중심 내용
1연 바람이 문틈에서 불어 문풍지를 떨게 함.
2연 바람이 창밖에서 가랑잎을 날리게 함.
3연 달빛이 문구멍으로 스며 들어 방 안을 비춤.

●낱말 풀이
문풍지 문틈으로 새어 들어오는 바람을 막기 위하여 문짝 주변에 바른 종이.

가을밤

윤석중

지문 ★☆☆
낱말 ★★☆

㉠문틈에서
드르렁드르렁
"거, 누구요?"
"문풍지예요."

창밖에서
바스락바스락
"거, 누구요?"
"가랑잎예요."

문구멍으로
기웃기웃.
"거, 누구요?"
"달빛예요."

붙임 딱지 붙여요.

1 이 시에서 사용한 흉내 내는 말과 표현하고자 하는 소리나 모양을 찾아 선으로 이으세요.
이해

(1) 드르렁드르렁 •

(2) 바스락바스락 •

(3) 기웃기웃 •

• ① 가랑잎이 바짝 말라 나는 소리

• ② 문풍지가 바람에 떨려 나는 소리

• ③ 달빛이 문구멍으로 새어 들어오는 모양

2 이 시를 읽고 떠오른 계절에 ○표 하세요.
추론

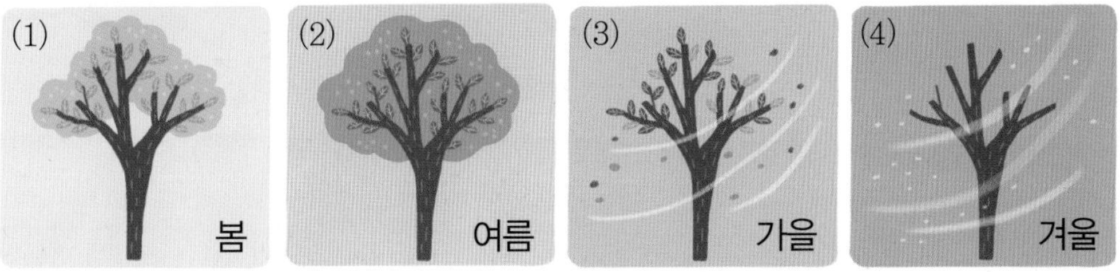

3 이 시의 말하는 이와 비슷한 경험은 무엇입니까? (　　　)
문제해결

① 시장에서 구경을 한 일
② 교실에서 책을 읽은 일
③ 박물관에서 도자기를 본 일
④ 비행기에서 창밖 구름을 본 일
⑤ 시골집에서 바람 소리를 들은 일

4 보기 를 참고하여 ㉠을 알맞게 바꾸어 쓰세요.
문제해결

보기

벽 너머로
살살
"거, 누구요?"
"바람예요."

"거, 누구요?"
"바람예요."

10 대상을 높이는 표현 알기

2주

★ 우리 동네에 있는 시장에 왔어요. 다음 상황에서 대상에 알맞은 높임 표현을 쓴 말에 색칠하세요.

주제 탐구

웃어른께 공손하게 표현하는 것을 '높임 표현'이라고 합니다. 웃어른에게는 보통 '–어요', '–해요.' 등의 끝맺는 말을 사용합니다. 글을 읽을 때에는 대상에 따라 알맞은 높임 표현을 사용하였는지, 사물이나 친구, 동생 등에는 높임 표현을 사용하지는 않았는지 살피며 읽습니다.

유형 1 잘못 쓰인 높임 표현 찾기

친구나 동생, 사물에 쓰인 잘못된 높임 표현을 찾습니다.

1 ㉠~㉤ 중 잘못 쓰인 높임 표현을 찾아 기호를 쓰세요. (　　　)

국어

엄마, 아까 죄송했어요. 아빠는 ㉠주무시고, 동생도 ㉡주무셔서 심심한데 엄마가 안 ㉢놀아 주셔서 화가 났어요. 앞으로는 엄마 ㉣말씀을 잘 들을게요. 제가 엄마를 사랑하는 것 ㉤아시죠? 사랑해요.

민서가

유형 2 바른 높임 표현으로 고치기

대상(할머니, 동생)에 따라 달라지는 높임 표현을 파악하는 문제입니다.

2 ㉠~㉤ 중 잘못 쓰인 높임 표현을 찾고, 알맞게 고쳐 쓰세요.

국어

20○○년 ○○월 ○○일	날씨: 비가 왔다가 갬.

나는 건우와 건우 동생인 건호와 놀이터에서 술래잡기를 하고 놀았다. 나는 술래잡기를 하느라 정신이 팔려서 마주 오는 건호를 미처 보지 못했다. 그 바람에 둘이 '꽝' 하고 부딪치고 말았다. "건호야, ㉠괜찮니? ㉡미안해."라고 말하자 건호도 웃으며 "㉢괜찮아."라고 말했다.

놀이터에서 돌아와 엘리베이터를 급히 타려던 나는 마침 내리시던 윗집 할머니와 부딪치고 말았다. 먼저 내리신 다음 타야 하는데 마음이 급해서 그만 보지 못한 것이다. 나는 몹시 죄송해서 "㉣괜찮아? ㉤죄송해요."라고 말씀드렸다. 오늘 하루 미안한 일이 많은 하루였다. 앞으로는 앞을 잘 보고 다녀야겠다.

(　　　　　　) ➡ (　　　　　　)

3 ㉠~㉣에 어울리는 높임 표현을 찾아 선으로 이으세요.

국어

유형 3 대상에 어울리는 높임 표현 찾기

대상에 알맞은 높임 표현을 사용할 수 있는지 묻는 문제입니다.

보고 싶은 삼촌께

삼촌, 안녕하세요? 저 준이에요. 잘 지내고 [㉠]? 저도, 우리 가족도 모두 잘 지내고 [㉡].

삼촌께서 공부를 하러 호주에 가신 지도 벌써 한 달이 다 되어 가요. 호주에는 캥거루와 코알라도 있다는데 정말인가요? 캥거루는 정말 잘 뛰고, 코알라는 정말로 복슬복슬 [㉢]? 실제로 직접 보면 정말 신기할 것 같아요.

같이 살던 삼촌께서 가시고 나니 정말 허전해요. 엄마는 늘 삼촌 몫까지 음식을 만들고는 "아이고, 또 많이 만들었네."라고 하시고, 아빠는 삼촌과 함께 보던 축구 경기를 혼자 보며 쓸쓸해하세요. 물론 저도 이런저런 이야기를 나눌 삼촌이 안 계셔서 많이 [㉣].

그러니 빨리 돌아오세요. 삼촌! 보고 싶어요. 돌아오실 때까지 건강하시고 편지 받으면 답장 주세요.

20○○년 ○○월 ○○일

한국에서 조카 준이 올림

(1) ㉠	•	•	① 있어요
(2) ㉡	•	•	② 계시지요
(3) ㉢	•	•	③ 귀엽나요
(4) ㉣	•	•	④ 심심해요

●글의 종류 일기

●글의 특징 이 글은 대청소하는 날 동생과 아빠께 도움 받은 일을 쓴 일기입니다. 동생과 아빠께 사용한 높임 표현을 살피며 읽어 봅니다.

●낱말 풀이
널브러져 너저분하게 흐트러지거나 흩어져.

20○○년 ○○월 ○○일 토요일	날씨: 흐리다 갬.

지문 ★☆☆
낱말 ★☆☆

제목: 대청소한 날

우리 식구는 매주 토요일 대청소를 한다. 아빠는 거실과 화장실을, 엄마는 주방과 안방을, 나와 동생 우진이는 각자 자기 방을 청소한다.

그런데 내 방을 청소하려고 보니 방이 몹시 지저분했다. 가지고 놀던 장난감도 여기저기 흩어져 있고, 보던 책도 바닥에 널브러져 있었다.

"우진아, 형아 좀 도와줄래? 자동차 장난감을 좀 상자에 ㉠넣어 주세요."

나는 어쩔 수 없이 ㉡우진이께 부탁을 했다. 자기 방을 어지르지 않아 크게 청소할 것이 없었던 우진이는 착하게도 나를 도와 장난감 정리를 해 주었다. 하지만 아무리 해도 방 정리가 좀처럼 되지 않았다. 그래서 마침 화장실 청소를 마치신 아빠께 부탁을 드렸다.

"아빠, 저 좀 [㉢]."

"성진아, 뭘 어떻게 도와줄까?"

"죄송한데 이 책 좀 책장에 넣어 주세요."

아빠께서는 "이번만 도와주는 거야."라고 하시며 책장 정리를 거들어 주셨다. 평소에 내가 몹시 어지르는 바람에 동생에게도 미안했고, 아빠께도 죄송했다. 다음에는 평소에 미리미리 치워야겠다.

2주 5일 학습 끝!

붙임 딱지 붙여요.

1 이 글에서 인물이 한 일은 무엇입니까? (　　　)

이해

① 성진이가 동생과 싸웠다.
② 성진이가 혼자 자기 방을 청소했다.
③ 성진이가 친구들과 함께 숙제를 했다.
④ 성진이네 가족이 토요일에 여행을 갔다.
⑤ 성진이가 아빠와 동생에게 청소를 도와 달라고 부탁했다.

2 ㉠과 ㉡을 높임 표현에 알맞게 고쳐 쓰세요.

어휘

(1) ㉠: (　　　　　　　　)　　(2) ㉡: (　　　　　　　　)

3 ㉢에 들어갈 알맞은 높임 표현은 무엇입니까? (　　　)

어휘

① 도와요　　② 도와줘　　③ 도울게
④ 도우실래　　⑤ 도와주세요

4 성진이가 아빠와 우진이에게 고마운 마음을 담아서 쪽지를 쓰려고 해요. 높임 표현에 유의하여 감사의 쪽지를 각각 쓰세요.

문제해결

(1) 아빠께
아빠, 책장 정리를 도와주셔서
____

(2) 우진이에게
내 동생 우진아, 장난감 정리를 도와줘서
____

독해 플러스

2주

헷갈리는 우리말

'작다'는 '크다'의 반대말로, '부피, 넓이, 길이 등이 비교 대상이나 보통보다 덜하다.'는 뜻이에요. '적다'는 '많다'의 반대말로 '수나 양이 일정한 기준에 미치지 못하다.'라는 뜻이에요. 이와 같이 헷갈리기 쉬운 우리말은 뜻을 정확하게 알아 두고 바르게 써야 해요.

헷갈리는 우리말

- **벌리다** 둘 사이를 넓히거나 멀게 하다.
- **벌이다** 일을 계획하여 시작하거나 펼쳐 놓다.
- **가리키다** 손가락 따위로 어떤 방향이나 대상을 집어서 알리다.
- **가르치다** 지식이나 기능, 이치 등을 깨닫게 하거나 익히게 하다.
- **절이다** 채소나 생선 등에 소금이나 식초, 설탕 따위가 배어들게 하다.
- **저리다** 몸의 일부가 오래 눌려서 피가 잘 통하지 못해 감각이 둔하고 아리다.
- **바래다** 볕이나 습기를 받아 색이 변하다.
- **바라다** 생각이나 바람대로 어떤 일이나 상태가 이루어지거나 그렇게 되었으면 하고 생각하다.

1 다음 문장에 알맞은 말을 골라 ○표 하세요.

(1) 김치를 담그려고 배추를 소금에 **(절였다 / 저렸다)**.

(2) 무거운 짐을 옮겼더니 팔이 **(절이고 / 저리고)** 아프다.

(3) 다락방을 정리하다 누렇게 **(바랜 / 바란)** 책을 몇 권 발견했다.

(4) 이번 시험에서 좋은 성적을 거두기를 간절히 **(바래고 / 바라고)** 있다.

2 다음 문장의 밑줄 친 부분을 바르게 고쳐 쓰세요.

(1) 지수는 생일잔치를 크게 <u>벌렸다</u>. ➡ (   )

(2) 나는 동생에게 구구단을 <u>가리켰다</u>. ➡ (   )

이번 주 나의 독해력은?		
	이번 주 학습을 모두 끝마쳤나요?	
	글의 중심 생각을 찾을 수 있나요?	
	시의 재미와 감동을 표현할 수 있나요?	

정답 1. (1) 절였다 (2) 저리고 (3) 바랜 (4) 바라고 2. (1) 벌였다. (2) 가르쳤다.

PART 2

추론 독해

글에 숨겨진 정보를 짐작해 보고 생략된 내용이나 숨겨진 주제,
글을 쓴 목적을 찾아보며 읽어요.
그리고 글에 드러난 관점이나 글쓴이의 주장과 근거,
표현 방법 등을 비판하며 읽는 방법도 배워요.

contents

3주

11 인물의 표정, 몸짓, 말투 살피기

★ 친구들이 『별주부전』 연극을 보았어요. 다음 무대 위 등장인물의 표정, 몸짓, 말투를 알맞게 살핀 친구에 모두 ○표 하세요.

주제탐구

이야기 속에서 인물의 표정, 몸짓, 말투를 상상하면서 읽으면 인물의 마음을 더 잘 알 수 있습니다. 그리고 인물이 처한 상황에 알맞은 표정, 몸짓, 말투를 생각하면서 읽으면 내용을 더 재미있고 생생하게 이해할 수 있습니다.

유형 1 인물의 말에 어울리는 표정 찾기

이야기 속 인물이 처한 상황에 어울리는 표정을 찾는 문제입니다. 다친 제비를 본 흥부의 마음을 생각해 봅니다.

1 ㉠에 어울리는 흥부의 표정에 ○표 하세요.

국어

어느 날 흥부가 지붕을 올려다보니 커다란 구렁이가 새끼 제비를 날름대며 잡아먹으려고 하였어요.

흥부는 긴 작대기를 들고 구렁이를 내쫓았어요. 하지만 구렁이에 놀란 새끼 제비 한 마리가 바닥에 떨어지고 말았어요.

㉠"아이코, 이를 어쩌나. 제비가 다리를 다친 모양이네."

흥부는 안타까운 얼굴로 말했어요.

(1)

(2)

(3)

유형 2 인물의 말에 어울리는 말투 찾기

이야기 속 상황에 어울리는 말투를 찾는 문제입니다. 바쁜 사람들에게 성냥을 사 달라고 애원하는 소녀의 말투가 어떠한지 생각해 봅니다.

2 이 글을 읽을 때 ㉠에 어울리는 말투는 무엇입니까? (　　　)

국어

어느 추운 겨울이었어요. 차가운 바람이 '쌩쌩' 불고, 거리마저 차갑게 얼어붙은 날이었지요.

낡은 옷을 입은 한 소녀가 꽁꽁 언 손을 호호 불며 지나가는 사람들에게 성냥을 내밀었어요.

㉠"성냥 사세요! 성냥 사세요!"

그러나 아무도 거들떠보지 않았어요.

"에이, 귀찮게 성냥은 무슨 성냥이야!"

사람들은 추운 날씨에 바쁘게 자기 길을 갈 뿐 아무도 간절한 소녀의 이야기를 들어주지 않았어요.

한스 크리스티안 안데르센, 「성냥팔이 소녀」

① 상냥한 말투
② 간절한 말투
③ 흥겨운 말투
④ 크고 신이 난 말투
⑤ 조용하게 속삭이는 말투

3 ㉠과 ㉡에서 공주의 마음이 어떻게 변했는지 보기에서 골라 각각 쓰세요.

국어

어느 작은 나라에 재주 많은 왕자가 살았어요. 왕자는 이웃 나라의 아름다운 공주와 결혼하기를 바랐지요. 하지만 ㉠공주는 작은 나라 왕자의 정성스런 선물을 거들떠보지도 않았어요.

왕자는 포기하지 않고 공주가 있는 궁전으로 갔어요. 그리고 돼지치기가 되어 아무도 몰래 예쁜 냄비를 하나 만들었어요. 공주는 냄비가 맘에 쏙 들어서 돼지치기에게 냄비를 달라고 했어요. 물론 돼지치기가 왕자인 줄은 꿈에도 몰랐지요. 하지만 돼지치기 왕자는 냄비를 일부러 주지 않았어요. 그러자 공주는 냄비를 달라고 자꾸 돼지치기 왕자를 찾아왔어요. 이 소문이 돌자 왕은 둘을 궁전에서 쫓아냈어요.

㉡"흑흑, 그때 청혼한 작은 나라 왕자와 결혼했으면……."

이 말을 들은 돼지치기는 나무 뒤로 가서 얼굴을 씻고 왕자 옷으로 갈아입었어요.

"아니, 당신은!"

"네. 제가 그 작은 나라 왕자예요. 이제라도 후회를 했으니 다행이군요."

한스 크리스티안 안데르센, 「돼지치기 왕자」

보기

상냥함 재미있음 후회스러움 거만함 신남

(1) ㉠: ( ) ➡ (2) ㉡: ( )

유형 3 인물의 마음 변화 짐작하기

상황이 바뀌면서 변화한 인물의 마음을 짐작하는 문제입니다. 공주의 상황이 어떻게 달라졌는지 살피며 읽습니다.

돼지치기 돼지를 기르는 사람.

● **글의 종류** 이야기(동화)

● **글의 특징** 이 글은 권정생의 「또야 너구리가 기운 바지를 입었어요」의 일부로, 물건을 소중히 여기고 자연을 아끼는 엄마가 또야의 바지를 기워 주는 내용이 담겨 있습니다.

● **낱말 풀이**

빼닫이 '서랍'의 방언.
기워 떨어지거나 해어진 곳에 다른 조각을 대어 꿰매.
궁뎅이 '궁둥이'의 방언.
피라미 잉엇과의 민물고기.
납주래기 '가자미'의 방언.

지문 ★★☆
낱말 ★★☆

엄마 너구리는 장롱 빼닫이를 열고 지난해 또야가 입었던 반바지를 꺼내었어요.

"에그, 엉덩이가 뚫렸네!"

엄마 너구리는 뚫어진 바지를 들고 잠깐 망설였어요. 그냥 버리고 새로 살까 생각했던 거지요.

"아니야, 예쁘게 기워 입혀야지."

엄마 너구리는 반바지 엉덩이에다 동그랗게 헝겊을 덧대어 예쁘게 기웠어요.

"궁뎅이 기운 것 난 안 입어! 거지 같애!"

또야는 기운 바지가 싫었어요.

"하지만 엄마가 애써 기운 건데."

"아무리 애써 기웠대도 난 싫어!"

"또야, 이번만 기운 바지 입자. 이담에 예쁜 바지 사 줄게."

"싫어! 지금 새것을 사 줘."

또야는 막무가내였어요.

엄마는 또야를 안고 달래기 시작했어요.

㉠"또야, 앞산에 산벚나무꽃이 예쁘게 피었지?" / ㉡"응."

또야는 영문도 모르고 얼른 대답했어요.

"그리고 앞냇물에 피라미랑 납주래기랑 살고 있지?" / "응."

"그리고 또, 하늘에 별님도 반짝반짝 빛나고……." / "응."

"그런데 말이지. 또야가 이 기운 바지를 입으면 산에 들에 꽃들이 더 예쁘게 핀단다." / "참말?"

권정생, 「또야 너구리가 기운 바지를 입었어요」

1 이 글에서 다음 뜻을 가진 낱말을 찾아 쓰세요. (   )

어휘

달리 어찌 할 수 없음.

붙임 딱지 붙여요.

2 이 글에서 엄마 너구리의 성격은 어떠합니까? (   )

추론

① 다정하다.
② 의심이 많다.
③ 약속을 잘 지킨다.
④ 지는 것을 싫어한다.
⑤ 다른 사람을 업신여긴다.

3 ㉠, ㉡에 어울리는 몸짓과 말투를 찾고, 이를 통해 알 수 있는 인물의 마음을 선으로 이으세요.

추론

(1) ㉠ •	• ① 영문도 모르는 말투 •	• ㉮ 순진한 마음
(2) ㉡ •	• ② 안고 달래는 몸짓 •	• ㉯ 속상한 다른 사람의 마음을 헤아리는 마음

4 기운 바지가 싫고 새것을 사 달라고 고집을 피우는 또야를 본 엄마는 어떤 마음이었을지 짐작하여 쓰세요.

추론

3주

12 인물의 말과 행동을 살피며 읽기

★「개미와 베짱이」 이야기 속 인물의 말과 행동에 나타난 인물의 성격에 ○표 하세요.

주제탐구

이야기를 읽으며 등장인물을 파악하고, 인물이 한 말이나 행동을 주의깊게 살피면 인물의 마음을 파악할 수 있습니다. 그리고 인물의 말과 행동에 알맞은 성격을 나타내는 말을 찾는 것도 인물에 대해 아는 데 도움이 됩니다.

유형 1 인물의 성격이 드러나는 말과 행동 알기

이야기 속 상황에서 인물의 성격을 알 수 있는 말과 행동을 찾는 문제입니다.

1 국어 **㉠~㉤ 중 하이디의 활발한 성격이 드러난 곳을 찾아 기호를 쓰세요. (　　　)**

㉠"우아, 산이 불타고 있어."
㉡하이디는 사방으로 뛰어다니며 소리쳤어요.
"저건 불이 난 게 아니야. 노을이라는 거야. 저녁이 되면 항상 저래."
㉢하이디의 행동에도 페터는 아무렇지 않은 듯 말했어요.
㉣"우아, 저것 좀 봐. 산이 빨개졌어. 눈으로 덮인 산꼭대기도, 커다란 바위가 있는 산도!"
㉤하이디는 노을에서 눈을 떼지 못하고 말했어요.

요한나 슈피리, 「하이디」

유형 2 인물의 말이나 행동으로 성격 짐작하기

이야기에 나타난 인물이 한 말이나 행동에서 드러나는 인물의 성격을 짐작하는 문제입니다.

2 국어 **이 글에서 알 수 있는 공주의 성격을 알맞게 말한 친구에 ○표 하세요.**

개구리와 한 약속 때문에 공주는 어쩔 수 없이 개구리를 방으로 데리고 왔어요. 하지만 공주는 개구리를 방구석에 내려놓고 혼자만 침대 위로 올라갔지요.
"이제 됐지? 거기서 자든지 말든지 마음대로 해!"
"공주님, 약속 잊으셨어요? 어서 침대 위로 올려 주세요."
하지만 공주는 개구리의 말에 콧방귀를 뀌었어요.
"흥! 싫어."

그림 형제, 「개구리 왕자」

(1) 하연: 공주님은 변덕이 심한 성격이야. (　　　)
(2) 지훈: 공주님은 동물을 사랑하는 성격이지. (　　　)
(3) 범준: 공주님은 다른 이를 배려하는 편이구나. (　　　)
(4) 예린: 공주님은 약속을 중요하게 여기는 성격이야. (　　　)

3 ㉠에서 알 수 있는 톰의 마음은 무엇입니까? (   )

국어

유형 3 인물의 마음 파악하기

인물의 말과 행동에 나타난 인물의 마음을 파악하는 문제입니다.

톰 소여는 마을에서 제일가는 말썽쟁이예요. 폴리 이모는 톰 때문에 하루도 마음 편할 날이 없었어요. 이날도 말썽을 부린 톰은 울타리를 칠하는 벌을 받게 되었지요.

㉠'으, 페인트칠하기 너무 싫은데. 좋은 방법이 없을까?'

그때였어요. 톰은 좋은 생각이 떠올랐지요.

'그래, 그러면 되겠구나.'

톰은 페인트 붓을 들고 열심히 울타리를 칠하기 시작했어요. 얼마 지나지 않아 벤 로저스가 나타났어요.

"톰, 뭐 해? 페인트칠?"

벤의 질문에도 톰은 아랑곳하지 않고 페인트칠을 했어요. 마치 페인트칠이 엄청 재미있다는 표정으로요.

"톰, 나도 한번 해 보면 안 돼?"

벤이 톰에게 물었어요.

"안 돼! 이게 얼마나 재미있는 일인데."

"그러지 말고 사과 줄 테니까 나 좀 시켜 줘."

톰은 못 이기는 척 사과를 받고는 페인트 붓을 건넸어요.

마크 트웨인, 『톰 소여의 모험』

① 잘못한 일을 반성하는 마음

② 페인트칠 자체를 즐기는 마음

③ 친구와 함께 놀고 싶지 않은 마음

④ 친구와 함께 일을 즐기고 싶은 마음

⑤ 페인트칠을 안 할 수 있는 있는 방법을 궁리하는 마음

● 글의 종류 이야기(동화)

● 글의 특징 이 글은 무엇이든 나오는 신기한 맷돌에 얽힌 이야기로, 맷돌에서 소금이 나오게 해 달라고 한 도둑에 대한 내용입니다.

● 낱말 풀이
주문하면 어떤 일을 하도록 요구하면.
날쌘 동작이 날래고 재빠른.
궁궐 임금이 거처하는 집.

옛날에 한 임금님이 신기한 ㉠맷돌을 가지고 있었어요. 이 맷돌을 돌리며 갖고 싶은 것을 주문하면 무엇이든 금방 나오고, 멈추라고 하면 멈추는 신기한 맷돌이었지요.

이 맷돌에 대한 소문은 입에서 입으로 전해져 나라에서 가장 날쌘 도둑에게까지 가게 되었어요.

㉡'오호, 그런 신기한 맷돌이 있다고? 내가 슬쩍 훔쳐야지!'

도둑은 그 길로 궁궐로 가서 맷돌을 훔쳐서 달아났지요. 하지만 맷돌을 들고 어디로 가야 할지 망설여졌어요.

'어쩌지? 온 나라가 도둑을 잡는다고 난리가 날 텐데…….'

그래서 도둑은 배를 타고 이웃 나라로 도망을 가기로 했어요. 배를 하나 훔친 도둑은 맷돌을 싣고 바다로 향했지요. 어느새 배는 바다 한가운데까지 오게 되었어요.

'휴, 이제 육지와 멀어졌으니 나를 못 잡겠지. 그럼 맷돌에게 뭘 달라고 할까? 쌀? 금? 아니, 아니야! 소금이 좋겠어.'

도둑은 당시 가장 귀해서 돈으로도 살 수 없었던 소금을 주문하기로 마음먹었지요. 그래서 도둑은 맷돌을 돌리며 외쳤어요.

"나와라, 나와라! 소금!"

그러자 맷돌이 빙글빙글 돌더니 하얀 소금이 술술 나오기 시작했어요.

"하하하! 신난다, 신나! 난 이제 부자구나!"

도둑은 너무 기뻐서 춤을 덩실덩실 추느라 소금을 멈추게 하는 주문을 깜빡 잊고 말았어요. 그사이 배가 온통 소금으로 가득 차더니 소금이 흘러넘쳐 순식간에 바닷속으로 가라앉고 말았답니다.

지문 ★☆☆
낱말 ★★☆

1 ㉮~㉰ 중 ㉠에 해당하는 그림의 기호를 쓰세요. (   )

이해

㉮
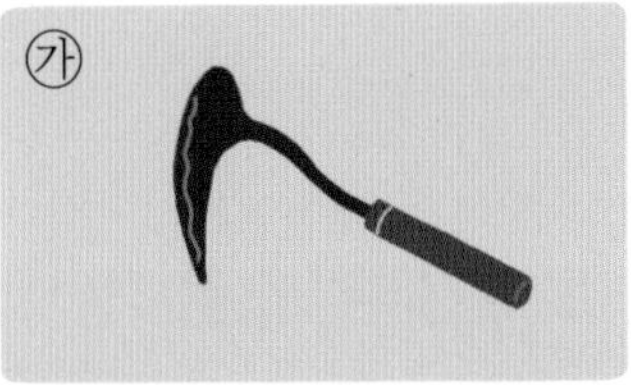
㉯
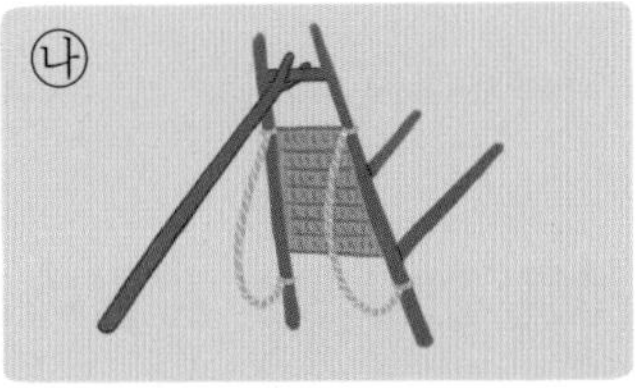
㉰
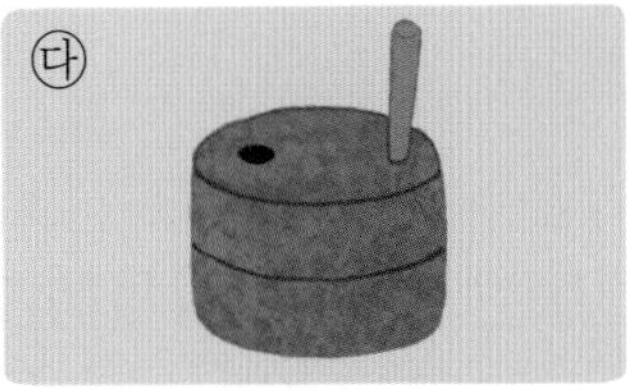

붙임 딱지 붙여요.

2 ㉡을 통해 알 수 있는 도둑의 성격은 어떠합니까? (   )

추론

① 다정한 성격　② 게으른 성격　③ 공정한 성격
④ 인색한 성격　⑤ 욕심이 많은 성격

3 이 글에서 일이 일어난 순서에 맞게 빈칸에 기호를 쓰세요.

구조

㉮ 도둑이 신기한 맷돌을 훔쳤다.
㉯ 도둑이 맷돌을 들고 배를 탔다.
㉰ 도둑이 맷돌에게 소금을 달라고 했다.
㉱ 맷돌에서 소금이 나오기를 멈추지 않았다.
㉲ 도둑이 신기한 맷돌에 대한 소문을 들었다.

(   ) ➡ (   ) ➡ (   ) ➡ (   ) ➡ ㉱

4 이 글에 나온 인물의 말과 행동에 대해 잘 말한 친구에 ○표 하세요.

비판

(1) 도둑이 이웃 나라로 도망가려고 한 것을 보면 도둑은 겁이 없는 성격이야.

(2) 너무 기뻐 소금을 그만 나오게 하는 주문을 잊다니 도둑은 어리석어 보여.

(3) 많은 물건 중 맷돌에게 소금을 달라고 한 도둑은 지혜로워.

13 읽는 사람을 생각하며 마음을 전하는 글 읽기

3주

★ 도란도란 마을 사람들이 마음을 전하려는 사람에게 하고 싶은 말을 게시판에 붙여 놓았어요. 그림의 상황에 알맞은 쪽지를 찾아 선으로 이으세요.

주제 탐구

읽는 사람을 생각하여 마음을 전하는 글을 읽을 때에는 읽을 사람의 마음을 헤아려야 합니다. 그리고 글을 읽을 때에는 글쓴이와 상대방에게 있었던 일과 그때 나타난 감정을 살펴야 합니다. 그리고 읽는 이에게 하고 싶은 말이나 바라는 점, 글쓴이의 다짐이 무엇인지도 살펴야 합니다.

유형 1 글쓴이가 전하려는 마음 찾기

글의 내용과 마음을 나타내는 표현에서 전하려는 마음을 찾는 문제입니다.

1 국어

이 글에서 글쓴이가 전하려는 마음은 무엇입니까? (　　　)

> 사랑하는 아들에게
>
> 이번 축구 대회에서 아쉽게 져서 너무 속상하지? 엄마도 속상해하는 아들을 보니까 마음이 아팠어. 하지만 괜찮아. 이길 때가 있으면 질 때도 있는 법이니까. 그러니 우리 아들도 이제 그만 속상해하렴. 다음에는 더 잘할 수 있게 열심히 연습하면 되지. 힘내고!
>
> 언제나 옆에 있는 엄마가

① 기쁜 마음　　② 고마운 마음
③ 미안한 마음　　④ 속상한 마음
⑤ 응원하는 마음

유형 2 읽는 사람과 있었던 일 파악하기

마음을 전하는 글에 있었던 일과 그때 느꼈던 나의 마음을 파악합니다.

2 국어

이 글의 내용으로 알맞지 않은 것은 무엇입니까? (　　　)

> 지윤아, 생일 축하해!
>
> 지난번 내 생일에 네가 선물도 주고, 카드도 써 줬잖아. 네 덕분에 친구들도 내 생일인 걸 알아서 그날 얼마나 축하를 많이 받았는지 몰라. 그게 너무 고마웠어. 그래서 나도 네 생일에는 꼭 카드를 써 주고 싶었어. 그리고 가장 먼저 축하하고 싶었어. 내 친구 지윤아, 생일 정말 축하해.
>
> 네 친구 윤서가

① 윤서는 섭섭한 마음을 가지고 있다.
② 윤서는 지윤이에게 고마워하고 있다.
③ 윤서는 지윤이의 생일을 축하하고 있다.
④ 윤서는 지윤이에게 축하 카드를 쓰고 싶었다.
⑤ 윤서는 지윤이가 준 생일 축하 카드를 받은 적이 있다.

3 글쓴이의 마음과 비슷한 경험을 떠올린 친구에 ○표 하세요.

국어

윤수에게

윤수야, 안녕? 나 민석이야.

내가 이렇게 편지를 쓴 것은 너에게 하고 싶은 말이 있어서야. 며칠 전 네가 나에게 '찐빵 같다.'고 그랬잖아. 그때 웃어 넘기기는 했지만 사실 많이 섭섭했어. 물론 내가 얼굴에 살이 많은 건 맞아. 하지만 그걸로 네가 놀리니까 많이 속상했어. 그것도 다른 친구들 앞에서 말이야.

나는 윤수 네가 나를 가장 잘 알아주는 친구라고 생각해. 우리가 처음 만난 게 유치원 때니 꽤 많은 시간을 너와 함께 했다고 생각해. 같이 놀이터에서도 놀고, 소풍도 가고 말이야. 그러다 보니 네가 하는 말이 나에게는 참 중요해. 그러니 나 '찐빵'이라고 놀리지도 마. 알았지?

우리 앞으로는 더 친하게 지내자. 나도 앞으로 더 잘할게. 그럼 안녕!

20○○년 ○○월 ○○일
네 친구 민석이가

(1) 현준: 전학 간 내 친구가 보고 싶었어. (　　)

(2) 혜성: 친구에게 편지를 잘 써서 칭찬받고 싶어. (　　)

(3) 민혜: 나쁜 친구와 놀지 말라고 얘기해 주고 싶어. (　　)

(4) 영현: 친구가 나와의 약속을 지키지 않아 섭섭했어. (　　)

유형 3 글쓴이와 비슷한 경험 떠올리기

자신이 겪은 비슷한 경험을 떠올려서 글쓴이의 마음을 알아봅니다.

●**글의 종류** 편지

●**글의 특징** 이 글은 미국의 제16대 대통령이었던 링컨이 대통령이 되기 전 어린 소녀에게 받은 편지와 이 편지에 대한 답장입니다.

●**낱말 풀이**
주걱턱 주걱 모양으로 길고 끝이 밖으로 굽은 턱.
광대뼈 뺨의 튀어나온 부분을 이루는 네모꼴의 뼈.
인상 사람 얼굴의 생김새.
새삼스럽게 이미 알고 있는 사실에 대해 느껴지는 감정이 갑자기 새로운 데가 있게.

지문 ★☆☆

낱말 ★★☆

(가) 링컨 아저씨께

아저씨, 저는 아저씨를 무척 좋아하고 아저씨가 대통령이 되기를 바라는 소녀예요.

이런 말씀 드리기 죄송하지만, 아저씨는 얼굴에 주름도 많고 야위어서 너무 날카로워 보여요. 턱은 주걱턱이고 눈은 움푹 들어갔고요, 광대뼈는 왜 그렇게 뾰족 튀어나왔나요?

그래서 우리 동네 어른들은 아저씨의 인상이 날카로워서 싫다고 하는데 어쩌면 좋아요. 하지만 아저씨가 수염을 기르면 지금보다는 인상이 훨씬 더 부드러워 보일 거예요.

그레이스 베델 올림

(나) 귀여운 그레이스 베델에게

며칠 전에 너의 고마운 편지를 받았다.

수염에 대한 이야긴데, 아직까지 수염을 기르지 않고 있다가 네 말을 들은 지금에 와서 새삼스럽게 수염을 기른다면, 사람들이 나를 바보 같은 사람이라고 흉보지 않을까?

하지만 네 이야기는 귀담아 들을게. 고맙구나!

장래의 성공을 빌며
링컨 씀

1 그레이스 베델이 링컨에게 편지를 쓴 이유는 무엇입니까? (　　　)

이해

① 링컨이 대통령이라서　　② 링컨을 놀리기 위해서
③ 링컨의 인상이 부드러워서　　④ 링컨이 수염을 기르기를 바라서
⑤ 링컨이 대통령 되는 것이 싫어서

붙임 딱지 붙여요.

2 링컨이 그레이스 베델에게 전하려는 마음을 알맞게 말한 친구에 ○표 하세요.

이해

3 (가)와 (나)를 통해 짐작할 수 <u>없는</u> 내용은 무엇입니까? (　　　)

추론

① 링컨은 대통령이 되었다.
② 그레이스 베델은 링컨을 좋아한다.
③ 링컨은 원래 수염을 기르지 않았다.
④ 링컨은 소녀의 편지를 소중히 여긴다.
⑤ 그레이스 베델은 링컨을 돕고 싶어 한다.

4 그레이스 베델처럼 다른 사람에게 조언을 한 경험을 한 가지 떠올려 쓰세요.

문제해결

3주

14 원인과 결과에 따라 이야기 간추리기

★ 다음은 이야기의 한 장면이에요. 사다리를 따라가 어떤 일이 벌어졌는지 알맞은 결과의 번호를 쓰세요.

잭은 집이 가난했어요. ☐

나무꾼은 산신령에게 쇠도끼가 자기 것이라고 정직하게 말했어요. ☐

1

소를 팔아야 했어요.

2

나무에서 배가 떨어졌어요.

주제탐구

원인은 어떤 일이 일어난 까닭을, 결과는 원인 때문에 벌어진 일을 말합니다. 이야기를 읽을 때에 먼저 일어난 일 때문에 그 뒤에 일어난 일이 어떻게 달라지는지 찾아봅니다. 이야기를 간추릴 때에는 원인과 결과를 찾아 그 관계가 잘 드러나도록 정리해야 합니다.

셋째 돼지는 벽돌로 집을 튼튼하게 지었어요. [ ]

며느리가 배나무 아래에서 방귀를 뀌었어요. [ ]

3

산신령은 나무꾼에게 금도끼, 은도끼, 쇠도끼를 다 주었어요.

4

벽돌집은 늑대의 세찬 입김에도 끄떡없었어요.

유형 1 일어난 일의 원인 찾기

글에서 일어난 일의 원인이 되는 사건을 찾는 문제입니다. 사건의 원인은 결과보다 앞서 일어납니다.

1 지훈이가 수업 시간에 졸았던 까닭에 ○표 하세요.

국어

저는 오늘 수업 시간에 계속 졸았어요. 선생님이 수업을 하시는 것은 알았지만 너무 졸려서 저도 어쩔 수가 없었어요. 사실 어제 늦게까지 만화책을 봤거든요. 너무 재미있어서 조금만 더, 한 권만 더 읽다 보니 12시가 넘었더라고요. 그 바람에 오늘 아침에는 일어나는 것도 힘들고 수업 시간에는 계속 졸기만 했어요. 정말 죄송해요. 다시는 이런 일이 없도록 할게요.

(1) 몸이 아파서 ( )

(2) 수업이 재미없어서 ( )

(3) 아침에 일찍 일어나서 ( )

(4) 늦게까지 만화책을 읽어서 ( )

유형 2 일의 까닭과 결과 파악하기

어떤 일의 원인으로 인해 일어난 일을 찾는 문제입니다. 먼저 일어난 일 때문에 그 뒤에 일어난 일이 어떻게 달라지는지 찾아봅니다.

2 다음 원인 때문에 일어난 결과를 선으로 이으세요.

국어

여우가 황새를 저녁 식사에 초대했어요.

하지만 황새를 골려 주고 싶었던 여우는 납작한 접시에 음식을 담아 대접했어요.

"자, 차린 것은 없지만 어서 먹어."

여우는 짧은 주둥이와 긴 혀로 납작한 접시의 음식을 맛있게 먹었어요. 하지만 황새는 음식을 먹을 수 없었어요. 왜냐하면 황새의 부리는 길고 딱딱했기 때문이에요.

(1) 여우는 주둥이가 짧고 혀가 길어요. •	• ① 접시에 담긴 음식을 먹을 수 없었어요.
(2) 황새의 부리는 길고 딱딱해요. •	• ② 접시에 담긴 음식을 맛있게 먹었어요.

3 **이 글의 내용을 원인과 결과를 나타내는 문장으로 간추렸어요. 빈칸에 알맞은 이어 주는 말을 쓰세요.**

국어

유형 3 이어 주는 말을 넣어 원인과 결과 간추리기

'그래서', '왜냐하면' 등 원인과 결과의 관계를 나타내는 말을 넣어 글의 내용을 간추리는 문제입니다.

옛날 어느 마을에 상상하기 좋아하는 한 소녀가 있었어요. 소녀는 젖소의 우유를 짜서 시장에 내다 파는 일을 했어요. 그날도 소녀는 우유 통을 머리에 이고 시장에 가고 있었어요.

'이 우유를 팔면 달걀을 하나 사야지. 그럼 그 안에서 병아리가 나오고, 병아리는 점점 자라 닭이 되겠지?'

소녀는 이런 상상을 하며 길을 가고 있었어요.

'그럼 닭을 팔아 공주 같은 드레스를 사야지. 내가 입으면 정말 예쁠 거야.'

소녀는 드레스를 입은 자신의 모습을 상상하며 '빙그르르' 한 바퀴를 돌았어요.

그때였어요. 머리에 이고 있던 통이 바닥에 '툭' 떨어지고 말았어요. 그 바람에 안에 든 우유가 '콸콸' 흐르고 말았지요. 결국 소녀는 우유도 팔지 못하고 집으로 돌아가야 했답니다.

• 상상하기 좋아하는 소녀가 있었다. 어느 날 소녀는 우유를 짜서 팔았을 때를 상상했다. 그러다가 우유 통을 떨어뜨리고 말았다. (   ) 소녀가 드레스를 입은 상상을 하다가 '빙그르르' 돌았기 때문이다.

●**글의 종류** 이야기(동화)

●**글의 특징** 재주 많은 삼 형제가 각자 자신이 가진 재주를 이용해 마을 사람들을 돕고, 욕심 많은 사또를 골탕 먹이는 이야기입니다.

● **낱말 풀이**

천리안 천 리 밖까지 볼 수 있는 눈이라는 뜻으로, 사물을 꿰뚫어 볼 수 있는 뛰어난 관찰력을 이르는 말.

천하장사 세상에 비길 데 없이 힘센 장사.

돌부처 감각이 둔하고 고집이 세며 감정에 좀처럼 흔들리지 않는 사람을 비유적으로 이르는 말.

흉년 농작물이 예년에 비하여 잘되지 아니하여 굶주리게 된 해.

서슬 날카로운 기세.

불호령 몹시 심하게 하는 꾸지람.

형틀 죄인을 신문할 때에 앉히던 도구.

곤장 예전에, 죄인의 볼기를 치던 형구. 또는 그 형벌.

지문 ★☆☆

낱말 ★★☆

옛날 어느 마을에 삼 형제가 살고 있었어요.

삼 형제는 각자 신기한 재주를 가지고 있었지요. 첫째는 멀리 있는 것까지 못 보는 것이 없는 천리안이었어요. 둘째는 아무리 무거운 것도 거뜬히 드는 천하장사였어요. 셋째는 아무리 세게 때려도 아픔을 느끼지 못하는 돌부처였어요.

그러던 어느 해, 마을에 큰 흉년이 들었어요. 마을 사람들은 배가 고파 아우성이었어요. 그런데 눈이 밝은 첫째가 마을을 돌아 보니 욕심 많은 사또네 곳간은 가득 차 있었어요. 그래서 삼 형제는 사또네 곳간의 쌀로 사람들을 돕기로 했지요.

힘이 센 둘째가 사또네 곳간의 쌀을 번쩍 들고 나와 마을 사람들에게 나누어 주었어요. 열 가마니도 척척 옮기고, 스무 가마니도 척척 옮겼어요.

다음 날, 곳간이 빈 것을 알게 된 사또는 펄펄 뛰었어요.

“누구냐! 내 이놈을 가만히 두지 않으리라!”

서슬 퍼런 사또의 불호령에 셋째가 앞으로 나섰어요.

“내가 가져갔소! 나를 때리시오!”

사또는 셋째를 형틀에 묶고 곤장을 치게 했지요. 한 대, 두 대, 세 대, 네 대……. 하지만 아무리 쳐도 셋째는 아무렇지 않았어요. 오히려 때리는 사람만 손이 아프고 팔이 아파 쩔쩔매었지요. 화가 난 사또까지 곤장을 때려 봤지만 아무 소용이 없었어요. 결국 사또는 셋째를 풀어 주었고, 마을 사람들은 삼 형제를 칭찬했답니다.

1 삼 형제의 재주를 알맞게 선으로 이으세요.

이해

(1) 첫째 •	• ① 맞아도 아프지 않았다.
(2) 둘째 •	• ② 멀리까지 볼 수 있었다.
(3) 셋째 •	• ③ 무거운 것을 척척 들었다.

붙임 딱지 붙여요.

2 이 글에서 벌어진 일이 <u>아닌</u> 것은 무엇입니까? (   )

이해

① 사또네 곳간이 비게 되었다.
② 사또는 자신의 쌀을 돌려받았다.
③ 삼 형제는 배고픈 사람들을 도왔다.
④ 삼 형제는 자신들의 재주를 사용했다.
⑤ 사또는 삼 형제의 재주에 당하고 말았다.

3 이 글에서 얻을 수 있는 교훈에 ○표 하세요.

추론

(1) 착한 일을 하면 손해를 본다. (   )
(2) 나쁜 사람과 어울리면 나쁜 사람이 된다. (   )
(3) 힘을 합하면 어려운 일도 쉽게 해결할 수 있다. (   )

4 원인과 결과를 생각하며 이야기를 간추렸어요. 빈칸에 알맞은 이어 주는 말을 각각 쓰세요.

어휘

> 마을에 흉년이 들어 사람들이 굶주렸다. (1) ☐ 재주 많은 삼 형제는 사람들을 돕기로 했다. 삼 형제가 욕심 많은 사또네 곳간의 쌀을 가져갔지만 사또는 삼 형제를 풀어 줄 수밖에 없었다. (2) ☐ 곤장을 때려도 아무 소용이 없었기 때문이다.

(1) (   )   (2) (   )

3주

15 글의 흐름을 생각하며 간추리기

★ 친구의 책이 찢어지고 말았어요. 이야기를 읽고, 글의 흐름을 생각하며 찢어진 쪽의 빈칸에 순서대로 숫자를 쓰세요.

돌이가 너무 뛰는 바람에 넘어져서 달걀을 깨뜨리고 말았어요.

돌이가 신이 나서 달걀을 들고 뛰어다녔어요.

돌이가 아주머니를 도와드리고 달걀을 받았어.

그래서 돌이는 달걀이 묻어 지저분해진 옷을 냇가에서 빨았어요.

점심 무렵, 돌이가 가게 아주머니의 무거운 짐을 들어 드렸어요.

1

잠시 뒤, 아주머니는 돌이가 짐을 들어 준 것을 칭찬하며 달걀을 1개 주셨어요.

결국 돌이는 저녁때가 다 되어서야 집에 올 수 있었어요.

주제 탐구

글의 흐름은 시간의 흐름에 따라, 일의 차례에 따라, 장소의 변화에 따라 진행됩니다. 시간 흐름에 따라 쓴 글은 시간 차례대로, 일 차례를 설명한 글은 일 차례가 잘 드러나게, 장소 변화가 있는 글은 이동한 장소와 각 장소에서 한 일을 중심으로 각각 간추립니다.

유형 1 시간의 흐름에 따라 내용 간추리기

시간의 흐름에 따라 내용을 파악하여 차례대로 정리하는 문제입니다. 시간을 나타내는 말 뒤에 한 일을 살펴봅니다.

1 국어 **이 글에서 시간의 흐름에 따라 이동한 장소를 알맞게 정리한 것은 무엇입니까? (　　　)**

우리는 박물관이 문을 여는 10시부터 1층의 '고대관'을 구경하기 시작했다. 아주 옛날 한반도에서 살던 사람들의 모습을 볼 수 있는 시간이었다. 1시간 뒤, 우리는 고려 시대와 조선 시대의 생활에 대해 알 수 있게 전시해 놓은 '중세관'에 들어갔다. 책, 그림 등 많은 자료가 보기 쉽게 전시되어 있었다. 1시까지 구경을 한 우리는 박물관 안에 있는 식당에서 점심을 먹었다. 시간이 가는 줄도 모르고 박물관 구경을 했더니 무척 배가 고팠기 때문이다.

① 식당 - 고대관 - 중세관　　② 식당 - 중세관 - 고대관
③ 고대관 - 식당 - 중세관　　④ 고대관 - 중세관 - 식당
⑤ 중세관 - 고대관 - 식당

유형 2 일 차례에 따라 내용 간추리기

일의 차례에 따라 쓴 글을 파악하는 문제입니다. 차례를 알려 주는 낱말을 살펴봅니다.

2 국어 **김치볶음밥을 만드는 차례대로 빈칸에 숫자를 쓰세요.**

김치볶음밥을 만들려면 밥, 김치, 돼지고기, 양파, 참기름, 식용유가 있어야 해요. 먼저 김치, 돼지고기, 양파를 잘게 썰어요. 이때 돼지고기 대신 쇠고기나 닭고기 등도 좋아요. 다음으로 팬에 식용유를 두르고 센 불에서 양파와 돼지고기를 볶아요. 재료가 익으면 중간 불로 줄인 다음 김치를 넣고 3분간 더 볶아요. 그러고 나서 밥을 넣고 볶다가 불을 끄고 참기름을 살짝 둘러요. 김치볶음밥을 접시에 담으면 완성이에요.

(1) 밥을 넣고 볶는다. (　　　)
(2) 김치를 넣고 더 볶는다. (　　　)
(3) 재료를 준비하여 잘게 썬다. (　　　)
(4) 김치볶음밥을 접시에 담는다. (　　　)
(5) 팬에 양파와 돼지고기를 볶는다. (　　　)

3 이 글을 읽고, 장소의 변화에 따라 간추린 글의 빈칸에 알맞은 낱말을 쓰세요.

국어

지난 봄, 우리 가족은 제주도로 가족 여행을 갔습니다.

제주도에서 우리 가족이 가장 먼저 들른 곳은 숲이 울창한 '제주 절물 자연 휴양림'입니다. 상쾌한 공기가 머릿속까지 시원하게 해 주는 느낌이 들었습니다. 아빠가 다른 나라에 온 것 같다고 하실 만큼 그곳은 이국적인 느낌이었습니다.

다음으로 우리 가족이 찾은 곳은 '외돌개'입니다. 엄마는 외돌개가 아슬아슬하게 홀로 외롭게 서 있어서 붙여진 이름이라는 것과 기둥 바위라는 뜻이 있다고 알려 주셨습니다. 엄마의 말씀처럼 바다에 우뚝 서 있는 모습이 외로워 보였습니다.

끝으로 찾은 곳은 '제주 마방 목지'입니다. 말이 많은 제주에서 말을 많이 볼 수 있는 곳이었습니다. 넓게 펼쳐진 들판과 그 위에서 뛰어노는 말들을 보고 있으니 '아, 여기가 정말 제주도구나.' 하는 생각이 들었습니다.

제주도의 휴양림도, 바다도, 말들도 다 좋았습니다. 그렇지만 우리 가족이 함께 있어서 더 좋았습니다.

• 우리 가족은 제주도에 가족 여행을 갔다. 그곳에서 숲이 울창한 (   )와/과 기둥 바위인 (   ), 그리고 말들이 뛰어노는 (   )에 갔다. 제주도도 좋았지만 가족이 함께 있어서 더 좋았다.

유형 3 장소의 변화에 따라 내용 간추리기

장소의 변화에 따라 달라지는 글의 흐름을 파악하여 간추리는 문제입니다. 글쓴이가 간 장소와 그곳에서 한 일에 유의하여 읽습니다.

휴양림 편안히 쉬면서 몸과 마음을 보양할 목적으로 조성한 숲.
이국적인 자기 나라가 아닌 다른 나라에 특징적인.
목지 목장이 있는 땅.

★ 글의 흐름을 생각하며 읽어 보세요.

●**글의 종류** 설명하는 글(설명문)

●**글의 특징** 이 글은 그림과 함께 종이접기를 하는 과정을 설명하였습니다.

●**중심 내용**

1문단 종이접기로 손쉽게 접을 수 있는 것에는 종이비행기가 있음.
2문단 그림 1~3처럼 종이비행기의 앞부분을 접음.
3문단 뾰족한 부분을 그림 4~5처럼 접어 종이비행기의 가운데 부분을 만듦.
4문단 그림 6~7처럼 종이비행기의 날개 부분을 접어 그림 8처럼 완성함.

●**낱말 풀이**

대각선 다각형에서 서로 이웃하지 아니하는 두 꼭짓점을 잇는 선분. 맞모금.

지문 ★★☆

낱말 ★☆☆

알록달록 종이로 재미있는 사물을 접을 수 있어요. 동물도, 가구도 쉽게 만들 수 있지요. 종이접기로 만들 수 있는 것 중 손쉽게 접을 수 있는 것에는 종이비행기도 있답니다. 종이비행기는 앞부분, 가운데 부분, 날개 부분을 만들어 주면 되지요.

먼저 직사각형 모양의 종이를 준비해 [그림 1]처럼 종이를 반으로 접었다가 다시 펴 줍니다. 그리고 대각선으로 [그림 2]와 같이 접습니다. 그다음 [그림 3]처럼 뾰족한 앞부분을 점선을 따라 접으면 종이비행기의 앞부분이 됩니다.

이제 가운데 부분을 만들 차례입니다. 우선 뾰족한 부분을 [그림 4]처럼 오른쪽으로 접어 줍니다. 이때 뾰족한 부분이 조금 튀어나오게 접으면 좋습니다. 그리고 서로 겹쳐지도록 [그림 5]처럼 반으로 포개어 줍니다.

다음으로 날개가 될 부분을 만들 차례입니다. 손으로 잡아서 던질 수 있도록 [그림 6]과 같이 점선의 윗부분을 접어 날개를 내려 줍니다. 반대편도 마찬가지로 접습니다. 끝으로 양쪽 날개를 수평으로 만들기 위해 [그림 7]처럼 날개를 올려 주면 [그림 8]처럼 종이비행기가 완성됩니다.

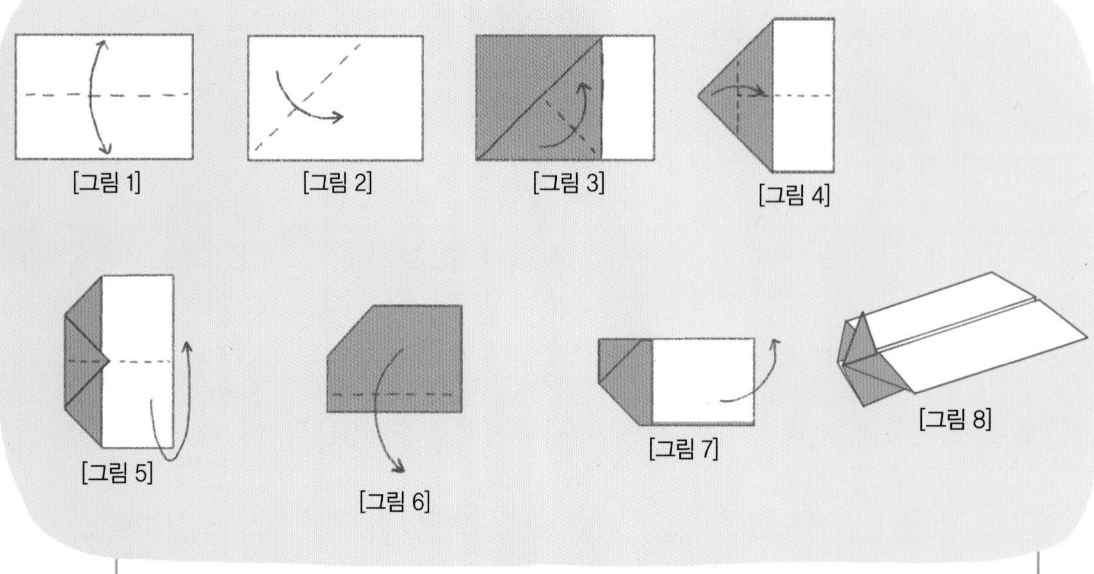

1 이 글은 무엇을 알려 주는 글입니까? (　　　)

이해

① 종이배 접는 법　　② 종이 아끼는 법
③ 종이 집 만드는 법　　④ 종이비행기 접는 법
⑤ 종이에 글씨 쓰는 법

3주 5일 학습 끝!

붙임 딱지 붙여요.

2 이 글에서 빈칸에 공통으로 들어갈 낱말을 찾아 쓰세요.

어휘

- 나와 마주 보는 [　　] 방향으로 친구가 앉아 있다.
- [　　]은/는 도형의 이웃하지 않은 두 꼭짓점을 잇는 선분이다.

(　　　　　　　)

3 글의 흐름에 맞게 간추리는 방법을 잘 말한 친구에게 ○표 하세요.

구조

4 이 글을 글의 흐름에 맞게 간추리려고 해요. 빈칸에 들어갈 알맞은 낱말을 쓰세요.

구조

직사각형 종이를 반으로 접었다 펴고, 대각선으로 접는다. 뾰족한 앞부분을 오른쪽으로 접은 다음 (　　　　　　　　) 부분을 만들고 (　　　　　　)이/가 될 부분을 차례대로 만든다.

말에 관한 속담

'가는 말이 고와야 오는 말이 곱다'라는 속담은 '자기가 남에게 말이나 행동을 좋게 하여야 남도 자기에게 좋게 한다.'는 뜻이에요. 다른 사람이 자신에게 좋은 말과 행동을 하길 바란다면, 자신이 먼저 그렇게 해야 해요. 이와 같이 우리 속담에는 말과 관련된 것이 많아요.

말에 관한 속담

- **낮말은 새가 듣고 밤말은 쥐가 듣는다** 아무리 비밀스럽게 한 말이라도 남의 귀에 들어가기 마련이니, 말조심을 하라는 뜻이에요.
- **말 한마디에 천 냥 빚도 갚는다** 말만 잘하면 어려운 일이나 불가능해 보이는 일도 해결할 수 있다는 말이에요.
- **발 없는 말이 천 리 간다** 말은 비록 발이 없지만 멀리까지 순식간에 퍼진다는 뜻으로, 말을 삼가야 함을 비유적으로 이르는 말이에요.
- **말은 보태고 떡은 뗀다** 말을 퍼질수록 더 보태어지고, 음식은 이 손, 저 손을 거치는 동안 줄어들기 마련이라는 말이에요.

1 다음 상황에 알맞은 속담을 찾아 ○표 하세요.

(1) 발 없는 말이 천 리 간다 (　　)

(2) 말이란 아 해 다르고 어 해 다르다 (　　)

2 '낮말은 새가 듣고 밤말은 쥐가 듣는다'와 비슷한 뜻의 속담에 ○표 하세요.

(1) 벽에도 귀가 있다 (　　)

(2) 가는 말이 고와야 오는 말이 곱다 (　　)

이번 주 나의 독해력은?		
	이번 주 학습을 모두 끝마쳤나요?	😊 😜 😖
	원인과 결과를 생각하며 이야기를 간추릴 수 있나요?	😊 😜 😖
	글의 흐름을 생각하며 간추릴 수 있나요?	😊 😜 😖

정답 1. (2) ○ 2. (1) ○

PART 3

문제해결 독해

글에서 감동적인 부분을 찾아 글쓴이의 마음에 공감하고
글을 읽고 난 감동을 표현하며 읽어요.
또, 여러 글에 나타난 다양한 문제 상황과 해결 방법을
나의 생활에 적용하며 창의적으로 읽는 방법을 배워요.

contents

이어질 내용 상상하기

★ 다음 곰의 상황을 보고 내용을 골라 ○표 하며 자신만의 뒷이야기를 만들어 보세요.

출발

나즈막한 산 아래 곰 한 마리가 살고 있었어요. 어느 날 아침, 잠에서 깬 곰은 배가 무척 고팠어요. 냉장고를 열어 봤지만 먹을 수 있는 건 말라 버린 당근 하나, 딱딱해진 빵 한 조각밖에 없었어요.

어떻게 했을까?
1. 산으로 간다.
2. 그냥 참는다.

1. 산으로 간 곰은 나무에 매달린 커다란 (① **벌집** / ② **나무 열매**)을/를 발견했어요.

어떻게 했을까?
① 벌집을 딴다.
② 나무 열매를 딴다.

2. 곰은 너무 배가 고팠지만 꾹 참고 먼저 (① **집 청소** / ② **잠 자기**)를 하기로 했어요.

어떻게 했을까?
① 청소한다.
② 잠을 잔다.

주제 탐구

이야기에서 이어질 내용을 상상할 때에는 앞의 내용과 잘 어울리는지 생각해야 합니다. 그리고 인물의 성격이나 한 일을 생각하고, 인물이 처한 상황을 고려해 이어질 이야기를 상상해야 합니다.

1-①
벌집에서 (**벌들 / 소들**)이 나와 곰은 깜짝 놀랐어요.

→ 그래서 곰은 너무 놀라 벌집을 떨어뜨리고 말았어요. ____________

1-②
나무 열매에서 (**나비 / 애벌레**)가 잔뜩 나와 곰은 깜짝 놀랐어요.

→ 그래서 곰은 너무 징그러워서 나무 열매를 멀리 던져 버렸어요. ____________

2-①
청소를 하던 곰은 집에서 (**꿀 항아리 / 청소기**)를 발견했어요.

→ 그래서 곰은 꿀 항아리의 꿀을 다 먹어 버렸어요. ____________

2-②
잠을 자던 곰은 갑자기 집에 놓아둔 (**줄넘기 / 금덩어리**)가 생각났어요.

→ 그래서 곰은 금덩어리를 찾아서 시장으로 갔어요. ____________

유형 1 인물의 성격을 생각하며 이어질 내용 상상하기

이야기에 나타난 인물의 성격을 파악하고 다음 상황에 이어질 내용을 상상하는 문제입니다.

다복솔나무 가지가 탐스럽고 소복하게 많이 퍼진 어린 소나무.
까투리 꿩의 암컷.
에워싸고 둘레를 빙 둘러싸고.

1 이 글에 이어질 내용을 알맞게 상상한 친구에 ○표 하세요.

국어

산불이 났습니다. 산에는 꽃이 피고 새들이 노래하고 봄이 한창인데 산불이 난 것입니다. (중략)

산골짜기 다복솔나무 아래로 엄마 까투리 한 마리가 있었습니다. 엄마 까투리한테는 갓 태어난 꿩병아리 아홉 마리가 삐삐, 삐삐 울면서 엄마를 따라다니고 있었습니다. 엄마 까투리는 깍깍 깍깍 새끼들을 부르며 불길을 피해 허둥지둥 쫓겨 다니고 있었습니다.

깍깍 깍깍 살려 주세요! 살려 주세요!

꿩병아리들은 삐삐 삐삐 삐삐 삐삐 엄마, 엄마! 부르면서 성냥개비 같은 작은 발로 종종종종 쫓아다녔습니다.

하지만 바람이 점점 거세어지면서 불길이 자꾸자꾸 가까워졌습니다. 엄마 까투리는 상수리나무가 있는 왼쪽으로 갔습니다. 그러나 불길에 막혀 되돌아섰습니다.

이번에는 오리나무가 서 있는 오른쪽으로 갔습니다. 역시 불길이 뜨겁게 막았습니다. 위쪽으로 가도, 아래쪽으로 가도 시뻘건 불길이 에워싸고 있었습니다.

갑자기 불길이 엄마 까투리를 덮쳤습니다. 엄마 까투리는 저도 모르게 그만 푸드덕 날아올랐습니다. 저만치 날아가다가 엄마 까투리는 뭔가를 깜빡 두고 온 것이 생각났습니다. 가슴이 철렁 내려앉았습니다. 새끼들을 그냥 두고 혼자 달아났기 때문입니다.

권정생, 『엄마 까투리』

2 이 글 다음에 이어질 일로 알맞은 것은 무엇입니까? (   )

국어

'팔룡이는 꾀꼬리 집을 용하게도 잘 찾아내더니, 그만 전쟁터에 끌려가 죽고 말았지.'

교장 선생님의 두 눈에서 이슬방울이 몇 개 굴러 떨어졌습니다. 그리고는 조그만 한숨을 한 번 쉬더니 머리를 들었습니다.

"팔룡이와 같이 따 먹던 버찌구나. 그 옛날 그 맛을 한번 보고 싶다. 어디, 따 먹어 볼까?"

교장 선생님은 벚나무에 올라갔습니다. 젊었을 때 운동 선수였던 교장 선생님은 나무 둥치를 타고 아주 쉽게 술술 올라갔습니다.

"야, 많이도 달렸네!"

교장 선생님은 발로 가지를 쿵쿵 굴렀습니다. 그때마다 좌르르좌르르 하고 열매가 떨어졌습니다. 발을 굴러 열매를 한참 털다가, 이번에는 손에 잡히는 가지를 하나 휘어잡아 까만 열매를 따서 입에 넣었습니다.

이때, 교문으로 뛰어 들어오는 한 무더기의 아이들이 있었습니다.

이오덕, 『버찌가 익을 무렵』

① 아이들이 교장 선생님을 보고 운다.

② 교장 선생님이 무심하게 노래를 부른다.

③ 교장 선생님이 아이들을 더 불러오라고 한다.

④ 교장 선생님이 학교에 다시 온 아이들을 야단친다.

⑤ 교장 선생님이 위험하지 않게 버찌를 따 주겠다고 한다.

유형 3 인물이 처한 상황을 파악해 이어질 내용 찾기

인물이 처한 상황을 살펴 이어질 내용을 상상하는 문제입니다. 이 글에서 교장 선생님은 몰래 버찌를 따 먹다가 아이들을 만났습니다.

버찌 벚나무의 열매.
둥치 나무의 밑동.

★ 이어질 내용을 상상하며 글을 읽어 보세요.

●**글의 종류** 이야기(동화)

●**글의 특징** 이 글은 『그리스 로마 신화』 중 하나로, 리라를 연주하는 오르페우스가 저승으로 간 신부 에우리디케를 찾아갔다가 하데스의 경고를 어기는 바람에 신부를 찾지 못했다는 내용이 담겨 있습니다.

●**낱말 풀이**

리라 고대 그리스의 현악기로, 공명 상자에 두 개의 지주를 세우고 가로목을 건너질러 줄을 쳤음.

복사뼈 발목 양쪽에 튀어나온 뼈.

저승 사람이 죽은 뒤에 그 혼이 산다는 세상.

애원했어요 소원 따위를 들어 달라고 애처롭게 사정하고 간절히 바랐어요.

이승 지금 살고 있는 세상.

방심한 마음을 놓은.

지문 ★☆☆

낱말 ★★☆

옛날에 오르페우스라는 음악가가 있었어요. 제우스에게 황금 리라를 선물받은 오르페우스는 리라 연주가 뛰어났어요.

그러던 어느 날, 오르페우스는 숲의 요정 에우리디케를 만났어요. 둘은 첫눈에 사랑에 빠져서 결혼을 하였지요. 그런데 행복한 시간은 오래가지 못했어요. 에우리디케가 숲에서 독사에게 복사뼈를 물려 죽고 말았기 때문이에요.

"흑흑, 나의 신부 에우리디케를 저승에서 찾아와야 해!"

불가능해 보이는 일이었지만, 오르페우스는 포기하지 않았어요. 땅의 여신 데메테르의 도움을 받아 저승 세계의 무서운 괴물을 통과한 끝에 저승의 신 하데스 앞에 섰지요. 그리고 하데스에게 신부를 돌려 달라고 애원했어요. 하지만 하데스는 꿈쩍도 하지 않았어요. 그러자 오르페우스가 리라를 아름답게 연주하기 시작했어요.

그랬더니 하데스의 차가운 마음이 스르르 녹아 버렸어요.

"오, 아름답도다! 네 연주에 감동해 신부를 돌려주겠다. 대신 이승의 빛에 도달하기 전에는 절대 뒤돌아봐서는 안 된다."

이렇게 다시 만난 오르페우스와 에우리디케는 기쁨의 눈물을 흘렸어요. 그리고 두 손을 꼭 잡고 이승으로 나아갔어요.

얼마나 갔을까요? 저 끝에서 빛이 스며들기 시작했어요.

"우아, 이제야 저승 세계를 벗어나는구나!"

오르페우스가 기뻐하며 이 소식을 에우리디케에게 전하려는 순간이었어요. 방심한 사이에 뒤를 보고 만 것이에요.

그 순간 에우리디케는 다시 저승 세계로 빨려 들어가고 말았답니다.

1 이해

이 글에서 나오는 인물이 아닌 것은 누구입니까? (   )

① 제우스　　② 하데스　　③ 데메테르

④ 오르페우스　　⑤ 에우리디케

붙임 딱지 붙여요.

2 구조

이 글에서 일어난 일의 차례에 맞게 기호를 쓰세요.

㉮ 오르페우스가 저승 세계로 찾아갔다.
㉯ 오르페우스는 에우리디케와 결혼을 했다.
㉰ 하데스가 오르페우스에게 뒤돌아보지 말라고 경고했다.
㉱ 오르페우스가 뒤를 돌아보는 바람에 신부를 잃고 말았다.
㉲ 에우리디케가 독사에 물려 죽는 바람에 오르페우스가 슬퍼했다.

㉯ ➡ (   ) ➡ (   ) ➡ (   ) ➡ (   )

3 추론

오르페우스의 성격으로 알맞지 않은 것은 무엇입니까? (   )

① 용기가 있다.　　② 집념이 강하다.

③ 아내를 사랑한다.　　④ 감수성이 풍부하다.

⑤ 약속을 하면 꼭 지킨다.

4 추론

이 이야기의 뒷이야기를 상상해서 쓰려고 해요. 인물의 성격과 처한 상황을 생각하며 이어질 내용을 쓰세요.

• 오르페우스가 하데스의 경고를 어기고 뒤를 보았다. 그랬더니 에우리디케가 다시 저승 세계로 빨려 들어가고 말았다. 그 뒤 ------------------------

----

17 자신의 경험에서 인상 깊은 일 표현하기

4주

★ 민선이가 체육 대회에서 경험한 일을 바탕으로 인상 깊은 일을 표현한 글이에요. 이 글을 읽고, 표의 빈칸을 채워 보세요.

지난 5월, 우리 학교 운동장에서 체육 대회가 있었다. 반 대항으로 열리는 대회라 경쟁이 치열했다. 체육 대회 종목은 이어달리기, 공 굴리기, 줄다리기 세 종목이었는데, 실제 경기만큼 각 반의 응원전도 치열했다.

우리 반은 이어달리기에서 아쉽게 2등을 하고, 공 굴리기에서는 순위 안에 들지 못했다. 그래서 줄다리기에서만큼은 무슨 일이 있어도 1등을 하자고 뜻을 모았다. 줄다리기 경기에 나가는 우리 반 친구들의 모습은 전쟁에 나가는 전사들과도 같았다.

드디어 줄다리기가 시작되고, 우리 반 친구들은 이를 악물고 줄을 잡아 당겼다. 그 결과 강한 팀들을 물리치고 1등을 할 수 있었다. 흙먼지를 뒤집어써서 얼굴은 엉망이면서도 환하게 웃는 친구들의 모습이 아직도 생생하다. 아마 나뿐만 아니라 우리 반 친구들 모두 그럴 것이다.

언제		어디에서		누구와	우리 반 친구들
• 가장 인상 깊었던 일					

주제 탐구

인상 깊은 일을 표현한 글을 읽을 때에는 평소와 다른 특별한 일이나 생각이나 느낌과 달라진 일이 무엇인지 살핍니다. 이 때 언제, 어디에서, 누구와 있었던 일인지 정리하고 무슨 일이 있었는지 떠올립니다. 그리고 그때 어떤 마음이 들었는지 살펴봅니다.

유형 1 글쓴이가 겪은 인상 깊은 일 파악하기

글쓴이의 경험한 일 가운데에서 가장 인상 깊은 일을 찾는 문제입니다. 가족들의 대화를 살펴봅니다.

1 국어 **글쓴이가 인상 깊었던 일은 무엇입니까? (　　　)**

20○○년 ○○월 ○○일 일요일	날씨: 흐렸다 갬.

저녁 식사가 끝나고, 나는 가족들과 함께 TV를 보다가 깜짝 놀랐다. 아침에 큰 산불이 나서 아직도 불을 끄고 있다는 뉴스가 나왔기 때문이다.

"안 그래도 요즘 비가 안 와서 너무 걱정이었는데……."라며 엄마가 걱정스레 말씀하셨다. 아빠도 "그러게. 큰 피해 없었으면 좋겠네."라고 하셨다. 산불은 오랫동안 자란 나무를 태우고, 사람들에게도 큰 피해를 준다. 그래서 나도 빨리 산불이 꺼졌으면 좋겠다고 생각했다. 그리고 다시 산불이 나지 않았으면 좋겠다고 생각했다.

① 큰 산불이 난 일
② 저녁 식사를 한 일
③ 비가 너무 안 온 일
④ 가족들과 TV를 본 일
⑤ 가족과 함께 일요일을 보낸 일

유형 2 글쓴이의 생각이나 느낌 파악하기

글 속에 나타난 글쓴이의 생각이나 느낌을 찾는 문제입니다.

2 국어 **㉠~㉤ 중 글쓴이의 생각이나 느낌에 해당하는 것의 기호를 쓰세요. (　　　)**

㉠<u>우리 가족은 주말에 공원에 놀러 갔다</u>. 주말이라 공원에는 많은 사람들이 와서 휴식을 즐기고 있었다. ㉡<u>꽃을 구경하는 사람도 있고, 자전거를 타는 사람도 있고, 간식을 즐기는 사람도 있었다</u>. ㉢<u>그런데 몇몇 사람은 자신이 먹은 과자 봉지를 함부로 버리기도 하고, 마시던 컵을 그대로 놓아두고 자리를 뜨기도 했다</u>. ㉣<u>그렇게 버려진 쓰레기 때문에 다들 눈살을 찌푸렸다</u>. 나도 기분이 좋지 않았다. 모두가 함께 즐기는 공원에 쓰레기를 함부로 버리는 것은 옳지 않은 행동이다. ㉤<u>공원을 함께 깨끗이 사용하면 좋겠다고 생각했다</u>.

3 다음은 인상 깊은 일을 쓰기 위해 글쓰기 계획을 세운 것이에요. 글의 제목으로 알맞은 것은 무엇입니까? (　　　)

국어

언제, 어디에서, 누구와 있었던 일인가요?	• 언제: 지난 여름 • 어디에서: 바닷가에서 • 누구와: 가족들과
무슨 일이 있었나요?	너무 멀리 가면 위험하다고 엄마 아빠가 말씀하셨다. 하지만 말을 듣지 않고 멀리까지 갔다가 바다에 빠져 큰일 날 뻔했다.
어떤 마음이 들었나요?	바다는 보기보다 많이 위험하다는 생각이 들었다. 그리고 부모님 말씀을 잘 들어야겠다는 생각이 들었다.
왜 그런 마음이 들었나요?	파도가 그렇게 셀 줄은 미처 생각하지 못했는데 위험했기 때문이다. 그리고 부모님 말씀을 안 들어서 큰일 날 뻔했기 때문이다.

① 바다는 위험해!
② 신나는 물놀이
③ 모험은 즐거워!
④ 집으로 오는 길
⑤ 즐거운 여름 여행

유형 3 인상 깊은 일을 쓴 글의 제목 붙이기

글쓰기 계획을 살펴보고 글에 알맞은 제목을 붙이는 문제입니다. 글에서 가장 중요한 일이나 생각이나 느낌을 떠올려 제목을 찾습니다.

●**글의 종류** 생활문

●**글의 특징** 애견 카페에 가서 인상적인 경험을 한 글쓴이가 보고, 듣고, 느낀 것을 쓴 글입니다. 주로 뒷부분에 글쓴이의 생각이나 느낌이 담겨 있습니다.

●**낱말 풀이**
애견 카페 다양한 종의 개들을 구경하거나 애견을 데리고 와 모임을 가질 수 있도록 편의 시설을 마련한 카페.

지문 ★★☆

낱말 ★☆☆

"왈왈왈!" "멍멍!"

내가 애견 카페 문을 여는 순간 여기저기서 개 짖는 소리가 나는 바람에 정신이 하나도 없었다. 나는 조금 겁이 났지만 아빠 손을 꼭 붙잡고 가게 안으로 들어갔다. 가게는 탁자와 의자가 몇 개 있고, 10마리가 넘는 강아지들이 있었다.

"하하, 너무 겁먹지 말아요. 좋다고 짖는 거니까 조금만 있으면 조용해질 거예요."

애견 카페 주인아저씨의 말씀 덕분에 나는 마음을 가라앉히고 천천히 가게 안을 둘러보았다. 서로 냄새를 맡느라 바쁜 강아지, 물을 핥는 강아지, 장난감을 가지고 노는 강아지들이 있었다.

그중에는 내 옆에 다가와 꼬리를 치고 있는 강아지도 있었다. 강아지가 다가오자 나는 혹시 물지는 않을까 걱정이 되었다. 하지만 강아지는 내 눈을 쳐다보며 계속 꼬리만 쳤다. 그래서 나는 조심스레 손을 내밀어 보았다. 그러자 강아지가 손을 핥아 주었다. 기분이 나쁘지는 않았다.

"헤헤, 간지러워."

"하하, 강아지가 우리 딸에게 혀로 '안녕' 하고 인사하는구나?"

"인사요?"

"그래, 강아지들은 우리처럼 말을 못하니까 꼬리를 흔들거나 핥거나 짖는 걸로 마음을 표현하지."

이제 생각하니 강아지들이 처음에 짖었던 것도 그저 나에게 '안녕'이라고 인사를 했던 것이었다. 그렇게 생각하자 무섭던 마음이 사라졌다. 그리고 아까 같이 인사해 주지 못한 것이 미안하기만 했다. 다음에는 나도 무서워하지 말고 강아지에게 반갑게 인사해 줘야겠다. '안녕' 하고 말이다.

1 이해

이 글에서 글쓴이가 간 곳은 어디인지 찾아 쓰세요.

(　　　　　　　　)

2 이해

이 글에서 글쓴이가 겪은 일이 아닌 것은 무엇입니까? (　　　)

① 아빠와 애견 카페에 갔다.

② 강아지가 손을 핥아 주었다.

③ 10마리가 넘는 강아지들을 보았다.

④ 처음부터 강아지를 무서워하지 않았다.

⑤ 다음에는 강아지에게 '안녕' 하고 인사해야겠다고 마음먹었다.

붙임 딱지 붙여요.

3 추론

이 글에서 글쓴이에게 가장 인상 깊었던 일은 무엇입니까? (　　　)

① 개 짖는 소리에 겁이 난 일

② 여러 마리의 강아지를 본 일

③ 강아지가 혹시 물지 않을까 걱정한 일

④ 아버지께 강아지가 핥는 까닭에 대해 들은 일

⑤ 강아지에게 손을 내밀자 강아지가 손을 핥아 준 일

4 문제해결

㉮~㉰ 중 글쓴이와 가장 비슷한 경험을 한 친구를 골라 기호를 쓰세요.

㉮ 태호: 친구들과 만화 영화를 봤는데 정말 재미있었지.

㉯ 채원: 동물원에서 사자에게 먹이를 줄 때 정말 무서웠어.

㉰ 유선: 애벌레를 처음 보았을 때는 징그러웠는데 나비의 아기라고 생각하니 귀여웠어.

(　　　　　　　　)

4주

18 여러 가지 독서 감상문으로 표현하기

★ 친구들이 여러 가지 독서 감상문이 써 있는 연을 날려요. 각각의 독서 감상문에 대해 알맞게 말한 친구에 ○표 하세요.

주제 탐구

독서 감상문은 책을 읽은 뒤에 책을 읽게 된 까닭, 책의 내용, 인상 깊은 부분, 생각이나 느낌 등을 쓴 글입니다. 독서 감상문은 일기, 편지, 광고, 시와 같은 다양한 형식으로 쓸 수 있습니다. 여러 가지 독서 감상문에 표현된 내용을 살펴봅니다.

유형 1 책을 읽게 된 동기 파악하기

독서 감상문에서 책을 읽게 된 까닭이나 계기 등을 찾는 문제입니다.

1 이 글에서 책을 읽게 된 동기는 무엇입니까? (   )

국어

20○○년 ○○월 ○○일	날씨: 흐리고 비가 옴.

오늘은 집에서 『탈무드』라는 책을 읽었다. 여러 편의 짧은 이야기가 담겨 있는 책이라 시간이 날 때 읽기 좋았기 때문이다. 『탈무드』의 여러 이야기 중 내가 가장 인상 깊었던 이야기는 수다쟁이의 이야기였다. 말이 지나치게 많아 말실수가 잦은 수다쟁이에게 랍비는 깃털이 잔뜩 든 보따리를 준다. 그리고 그걸 하나씩 뿌리고 갔다가 돌아오며 하나씩 담아 오라고 한다. 깃털은 바람에 날아갔고 랍비는 '말도 깃털과 같다.'며 말 조심하라는 교훈을 준다. 나도 말이 좀 많은 편이라 이야기를 읽고 많이 뜨끔했다. 앞으로는 말을 신중하게 해야겠다.

① 쉬운 이야기라서
② 새로 산 책이라서
③ 제목이 마음에 들어서
④ 글쓴이가 수다쟁이라서
⑤ 시간이 날 때 읽기 좋아서

유형 2 인상 깊은 장면 찾기

책에서 가장 기억에 남는 부분을 찾는 문제입니다. 글에서 가장 중점적으로 다룬 내용을 찾습니다.

야생화 들에 피는 꽃.

2 글쓴이가 인상 깊게 느낀 부분의 기호를 쓰세요. (   )

국어

㉠도서관에서 책을 보다 표지에 식물 그림이 잔뜩 그려진 책을 발견했다. ㉡평소에 식물에 관심이 많은 나는 책의 내용이 궁금해서 책을 읽기 시작했다. ㉢책에는 평소 보기 힘든 작은 야생화들이 잔뜩 그려져 있었다. 그리고 각각의 야생화에 대한 소개글이 쓰여 있었다. ㉣특히 나는 '노루귀'라는 식물이 가장 인상적이었는데, 잎이 나오는 모습이 마치 노루의 귀를 닮았다 해서 이름이 붙여졌다는 것이 재미있었다. ㉤주위에 이렇게 예쁘고 신기한 야생화가 있는 줄 몰랐는데, 앞으로는 주위를 잘 살피며 야생화를 찾아봐야겠다는 생각이 들었다.

3 ㉠~㉣이 해당하는 내용을 찾아 선으로 이으세요.

국어

모험이 가득한 『보물섬』으로 떠나요!

㉠『보물섬』은 제목을 보고,'어떤 보물이 있는 섬일까?' 궁금해서 펼치게 되었어요.

㉡책에는 용감한 소년 짐과 외다리 해적 실버가 보물섬에서 겪게 되는 흥미진진한 이야기가 펼쳐져요. ㉢특히 마지막에 보물을 발견하는 장면을 읽을 때에는 저절로 환호성이 터져요. ㉣그리고 나도 모험을 떠나고 싶다는 생각이 뿜뿜 솟아나요.

모험이 넘치는 이야기, 재미있는 이야기를 읽고 싶은 친구에게 강력 추천합니다!

(1) ㉠ •	• ① 책의 내용
(2) ㉡ •	• ② 인상 깊은 부분
(3) ㉢ •	• ③ 책을 읽게 된 동기
(4) ㉣ •	• ④ 책을 읽은 뒤의 생각이나 느낌

유형 3 독서 감상문의 주요 내용 파악하기

독서 감상문의 특징에 맞게 독서 감상문 내용을 분류하는 문제입니다.

 ★ 독서 감상문의 특징을 생각하며 글을 읽어 보세요.

● **글의 종류** 독서 감상문

● **글의 특징** 유관순에 관한 책을 읽고, 편지 형식으로 쓴 독서 감상문입니다. 책을 읽게 된 동기, 책의 내용, 책에서 가장 인상 깊었던 부분, 책을 읽고 난 뒤의 생각과 느낌이 담겨 있습니다.

● **낱말 풀이**
3·1 만세 운동 1919년 3월 1일에 한국이 일본의 강제적인 식민지 정책으로부터 자주독립할 목적으로 일으킨 민족 독립운동.
기리며 뛰어난 인물을 칭찬하고 기억하며.

지문 ★★☆

낱말 ★☆☆

유관순 누나에게

안녕하세요? 유관순 누나!

전 오늘 유관순 누나에 대한 책을 읽은 소년이에요.

처음에 책을 읽기 시작한 것은 사실 학교 숙제 때문이었어요. 유관순 누나에 대해 알아오는 숙제가 있었거든요. 그런데 책을 읽으면 읽을수록 화가 났어요. 책에는 누나가 1919년 3·1 만세 운동을 할 때의 일은 물론, 누나가 만세를 불렀다는 이유로 끌려가서 겪은 힘든 시간의 일이 모두 다 담겨 있었거든요. 그래서 읽는 내내 무척 안타깝고 마음이 답답했지요.

특히 누나가 감옥에 갇힌 상태에서 3·1 운동 1주년을 기리며 만세 운동을 펼치는 장면에서는 저도 모르게 두 주먹이 불끈 쥐어졌어요.

유관순 누나, 안타깝게도 누나는 감옥에서 나오지도 못하고, 우리나라의 독립을 보지도 못하고 돌아가시고 말았지요. 정말 마음 아프고 안타깝고 속상해요. 저희는 유관순 누나와 당시 나라를 위해 애쓰신 많은 분들 덕분에 독립된 나라에서 살고 있어요. 이 자리를 빌어 정말 감사드립니다. 결코 잊지 않겠습니다.

앞으로는 저도 유관순 누나처럼 나라를 생각하며 살도록 하겠습니다. 지켜봐 주세요!

20○○년 ○○월 ○○일

독립된 나라에서 유관순 누나를 잊지 않은 소년 올림

1 이해 **이 글은 어떤 형식으로 쓴 독서 감상문입니까? (　　　　)**

① 시　　　② 일기　　　③ 편지
④ 광고　　⑤ 설명문

4주 3일 학습 끝!
붙임 딱지 붙여요.

2 이해 **글쓴이가 유관순에 관한 책을 읽게 된 까닭은 무엇입니까? (　　　　)**

① 3월 1일이라서　　② 학교 숙제 때문에
③ 표지가 눈에 띄어서　　④ 평소에 관심이 있어서
⑤ 새로 책을 샀기 때문에

3 추론 **글쓴이가 책에서 가장 인상 깊게 읽은 부분은 어디입니까? (　　　　)**

① 유관순이 일본군에게 끌려가는 장면
② 유관순이 감옥 안에서 돌아가시는 장면
③ 유관순이 감옥에서 힘들게 생활하는 장면
④ 유관순이 감옥에서 만세 운동을 펼치는 장면
⑤ 유관순이 어린 나이에 3·1 만세 운동을 하는 장면

4 문제해결 **보기 의 독서 감상문을 다른 형식으로 바꾸어 쓰려고 해요. 빈칸에 알맞은 말을 쓰세요.**

보기 숙제로 펴 본 책 속
유관순

대한 독립 만세 외치다
안타깝게 죽은 유관순

마음속 깊이 남아 있을
유관순

➡

나는 (　　　　　　　　) 유관순 누나에 대한 책을 봤다.
나는 대한 독립 만세를 외치다가 감옥에서 죽은 누나가 겪은 일이 (　　　　　　).
나는 누나를 잊지 않겠다고 마음속으로 (　　　　　　).

4주

19 인물의 특징과 성격 표현하기

★『오즈의 마법사』 만화 영화를 보았어요. 만화 영화 속 인물의 특징과 성격을 알맞게 말한 친구에 ○표 하세요.

주제 탐구

이야기 속 인물의 특징이나 성격은 인물의 말과 행동을 보고 짐작할 수 있습니다. 인물의 성격을 파악하면 인물의 마음을 더 잘 이해할 수 있고 인물이 이야기 속에서 한 행동의 이유도 알 수 있습니다.

유형 1 인물의 성격 파악하기

이야기 속 인물의 말과 행동을 보고 성격을 파악하는 문제입니다.

자유자재로 거침없이 자기 마음대로.

1 이 글에서 '장화 신은 고양이'의 성격으로 알맞은 것은 무엇입니까? (　　　)

국어

장화 신은 고양이는 성으로 서둘러 달려갔어요. 성에는 무시무시하게 생긴 거인이 살고 있었지요. 사실 거인은 자유자재로 변신할 수 있는 놀라운 재주를 가지고 있었어요.

"거인님! 거인님은 사자로 변할 수 있나요?" 하고 고양이가 묻자 거인은 자신 있게 사자로 변했어요.

"우아, 정말 멋져요. 하지만 생쥐처럼 작은 동물로는 좀 힘드시겠죠?" 하고 고양이가 고개를 갸웃거렸어요. 그러자 거인은 눈 깜짝할 사이에 작은 생쥐로 변해 버렸어요. 그러자 고양이가 재빨리 생쥐를 꿀꺽 삼켜 버렸답니다.

샤를 페로, 「장화 신은 고양이」

① 지혜롭다.　② 게으르다.　③ 겁이 많다.
④ 욕심이 많다,　⑤ 경쟁심이 많다.

유형 2 인물의 성격이 드러난 부분 찾기

이야기 속에서 인물의 성격이 드러난 말과 행동을 찾는 문제입니다,

주막 시골 길가에서 밥과 술을 파는 가게.
대수롭지 중요하게 여길 만하지.

2 ㉠~㉤ 중 '총각'의 집요한 성격이 드러난 곳을 모두 찾아 기호를 쓰세요. (　　　　)

국어

옛날 가난한 ㉠총각이 주막에 묵으며 주인에게 쌀 한 톨을 잘 맡아 달라고 부탁을 했어요. 주인은 대수롭지 않게 쌀을 선반 위에 휙 던졌고, 그것을 지나던 쥐가 물어 갔지요.

다음 날, 쥐가 자신의 쌀을 물어 간 것을 알게 된 ㉡총각은 주인에게 쥐라도 잡아 달라며 큰소리를 쳤어요. 주인은 어쩔 수 없이 쥐를 잡아 총각에게 주었어요.

쥐를 들고 다시 길을 떠난 ㉢총각은 날이 어두워 다른 주막에 묵게 되었어요. ㉣이번에도 역시 주인에게 쥐를 맡아 달라고 부탁했지만 또 그 집 고양이가 먹어 버렸지요. 그래서 ㉤총각은 쥐를 먹은 고양이를 잡아 달라고 했어요.

3 ㉠에 나타난 인물의 성격으로 볼 때, 이 글 뒤에 이어질 이야기를 알맞게 말한 친구에 ○표 하세요.

국어

게르다는 눈의 여왕을 따라 얼음 궁전으로 떠난 카이를 찾아 머나먼 길을 달렸어요. 마침내 게르다는 얼음 궁전을 찾을 수 있었지요.

"카이, 어디 있니? 카이!"

눈의 여왕이 사는 얼음 궁전은 몹시 추웠어요. 온통 얼음과 눈으로 뒤덮여 있었기 때문이에요. 수많은 얼음 방을 뒤지고 다니던 게르다는 마침내 성의 끝쪽 얼음 방에서 카이를 찾았어요.

"카이, 나야. 게르다!"

하지만 카이는 차가운 눈으로 게르다를 보았지요.

"흑흑. 카이, 어쩌다 이렇게 되었니? 어서 집에 가자!"

그때 하얀 망토를 어깨에 걸친 눈의 여왕이 차가운 바람과 함께 나타났어요.

"아니, 조그마한 계집애가 어떻게 여기까지 왔지? 당장 나가지 않으면 너도 저 아이처럼 얼려 주겠다!"

눈의 여왕의 차갑고 날카로운 목소리에 온몸이 얼어붙는 것 같았어요. 하지만 게르다는 눈을 부릅뜨며 말했어요.

㉠<u>"난 당신이 무섭지 않아요! 제발 카이를 돌려 주세요."</u>

한스 크리스티안 안데르센, 『눈의 여왕』

(1) 게르다가 눈의 여왕에게 잡혀서 포로가 될 거야.

(2) 게르다가 눈의 여왕과 한판 싸움을 벌일 거야.

(3) 게르다가 눈의 여왕 눈을 피해 도망갈 거야.

유형 3 이어질 이야기의 내용 상상하기

인물의 말과 행동에서 인물의 성격을 짐작하여 이어질 이야기를 파악하는 문제입니다.

 ★ 인물의 특징과 성격을 생각하며 글을 읽어 보세요.

●**글의 종류** 이야기(동화)

●**글의 특징** 이 글은 피터 팬과 함께 네버랜드로 가게 된 웬디, 존, 마이클의 이야기 『피터 팬』의 일부입니다. 주어진 글은 웬디와 동생들이 피터 팬과 처음 만나게 되는 장면입니다.

●**낱말 풀이**
뾰로통했어요 못마땅하여 얼굴에 성난 빛이 나타났어요.
여념 어떤 일에 대한 생각 이외의 다른 생각.

지문 ★☆☆

낱말 ★★☆

영국 어느 마을에 웬디라는 아이가 살고 있었어요. 웬디는 잠자리에서 동생 존과 마이클에게 다정하게 동화책을 읽어 주었지요.

"크크크!"

웬디의 재미난 이야기에 창밖에서 웃음소리가 들려왔어요.

"너, 넌 누구니?"

웬디가 창문을 열자 머리에 뾰족한 모자를 쓴 한 아이가 가볍게 날아 들어왔어요.

"난 피터 팬이라고 해. 나는 ㉠네버랜드에서 왔지."

"네버랜드?"

"응, 그곳은 아주 신나는 곳이야. 나와 같이 가 볼래?"

"좋아!"

피터 팬이 웬디와 존, 마이클에게 반짝이는 금가루를 뿌리자 아이들은 가볍게 날아올랐어요.

"우아, 난다! 날아!"

"자, 신나는 모험의 세계로 가 볼까? 웬디, 준비되었니?"

"응!"

하지만 요정 팅커 벨은 뾰로통했어요. 자신이 좋아하는 피터 팬이 웬디에게 잘해 주자 심술이 났거든요.

한편 네버랜드에는 후크라는 이름의 선장이 있었어요. 후크 선장은 피터 팬을 몹시 싫어했어요.

"으, 피터 팬 때문에 내 팔을 하나 잃은 걸 생각하면……."

후크 선장은 피터 팬에게 복수할 생각에 여념이 없었어요.

메튜 배리, 『피터 팬』

1 이 글에 나오지 <u>않은</u> 인물은 누구입니까? (　　　)

이해

① 존　　② 마이클　　③ 천사

④ 피터 팬　　⑤ 팅커 벨

붙임 딱지 붙여요.

2 이 글에서 다음 특징을 가진 인물의 이름을 찾아 쓰세요.

추론

- 영국 어느 마을에 살고 있다.
- 피터 팬을 만나고 나는 법을 알게 되었다.
- 동생들에게 책을 읽어 주는 다정한 성격이다.

(　　　　　　　)

3 ㉠에 대해 알맞게 설명한 것을 <u>모두</u> 고르세요. (　　　)

이해

① 피터 팬이 사는 곳이다.　　② 웬디네 집이 있는 곳이다.

③ 후크 선장이 사는 곳이다.　　④ 지루하고 재미없는 곳이다.

⑤ 차를 타고 갈 수 있는 곳이다.

4 다음 인물의 행동과 관련 있는 성격을 찾아 선으로 이으세요.

추론

(1) 피터 팬은 모험의 세계로 아이들을 안내했다. •		• ① 집념이 강한 성격
(2) 후크는 피터 팬에게 복수할 생각에 여념이 없었다. •		• ② 모험을 즐기는 성격

20 알맞은 표정, 몸짓, 말투를 생각하며 극본 읽기

★『엄지 공주』 연극을 하려고 극본을 보았어요. 다음 극본 속 엄지 공주에게 알맞은 표정이나 몸짓을 찾아 선으로 이으세요.

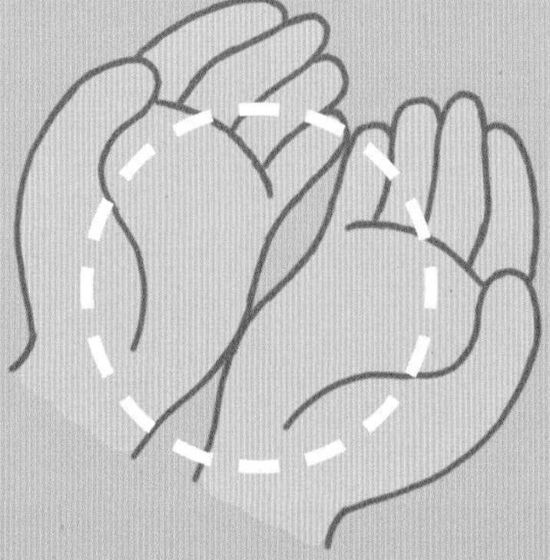

엄마: 네 이름은 이제부터 엄지 공주란다.
엄지 공주: 정말 마음에 들어요, 엄마!

어미 두꺼비: 예쁘게 생겼구나. 우리 아들 신붓감으로 삼아야지.
엄지 공주: 꺅! 저를 어디로 데려가시는 거예요!

물고기: 엄지 공주님, 어서 도망가세요.
엄지 공주: 고마워요. 이 은혜는 잊지 않을게요.

엄지 공주: 흑흑흑, 두더지와 결혼해서 평생 이 어둠 속에서 살아야 한다니. 흑흑!

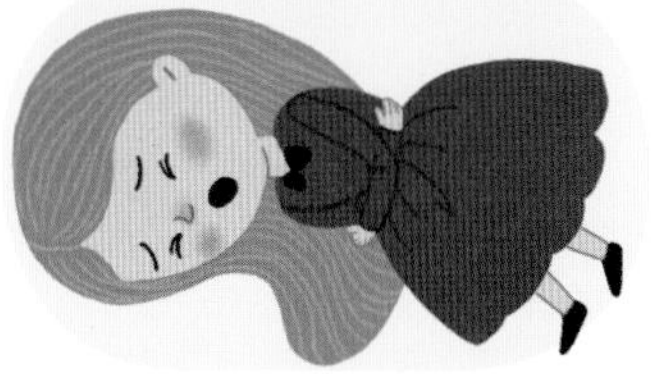

주제 탐구

극본은 연극이나 영화를 만들려고 쓴 글로, 대부분의 내용이 인물의 말과 행동으로 되어 있습니다. 극본을 읽을 때에는 표정, 몸짓, 말투를 직접 알려 주는 지문(괄호 안의 내용)을 잘 살펴보아야 합니다.

● (1~2) 다음을 읽고 물음에 답하세요.

> 오누이는 커다란 나무 위에 올라가 있고, 호랑이가 오누이를 잡으려고 나무 아래를 서성이고 있다.
>
> 호랑이: (나무 위를 보며) 아니, 나무에는 어떻게 올라간 거야?
> 동생: 흥! 그거 알려 주면 우리 잡으러 올라오려고?
> 호랑이: ㉠(당황한 표정으로) 어흥! 내가? 아니야! 그냥 나무 위에 올라가는 방법이나 알려 줘!
> 오빠: (능청스럽게) 나무 위에 올라오는 거? 간단하지. 발에 참기름을 잔뜩 바르면 쉽게 올라올 수 있거든.
> 호랑이: (웃으며) 그래? (부엌으로 들어가서 손을 비비며 다시 나온다.) 자, 이제 참기름을 발랐으니 어디 한번 올라가 볼까? (나무를 잡고 올라가며) 이영차! (미끄러지며) 어이쿠! (잡고 올라가며) 이영차! (미끄러지며) 어이쿠!
> 동생: (㉡) 깔깔깔, 그렇게 해서 어떻게 나무에 올라오겠어. 도끼로 나무를 찍어 그걸 밟고 올라오면 모를까?
> 호랑이: 뭐? 도끼로 나무를 찍어? 그거 좋겠군.

유형 1 극본의 내용 파악하기

극본에서 인물의 대사를 바탕으로 지문에 사용된 표정이나 말투의 까닭을 파악합니다.

1 국어 **㉠의 표정을 지은 까닭으로 알맞은 것에 ○표 하세요.**

(1) 자신의 마음을 들켜서 ( )

(2) 미안한 마음이 들어서 ( )

(3) 고마운 마음이 들어서 ( )

유형 2 상황에 어울리는 표정, 몸짓, 말투 파악하기

등장인물의 대사 내용에 어울리는 표정이나 몸짓을 파악하는 문제입니다.

2 국어 **㉡에 알맞은 표정이나 몸짓은 무엇입니까? ( )**

① 놀라며 ② 책을 읽듯이 ③ 눈을 흘기며

④ 음흉한 표정으로 ⑤ 배를 잡고 웃으며

3 ㉠과 ㉡에 나타난 인물의 마음을 찾아 선으로 이으세요.

국어

바닥에 엄마 청개구리가 누워 있고 옆에 아들 청개구리가 앉아 있다. 엄마 청개구리가 많이 아픈지 엄마 청개구리 머리맡에는 약그릇이 놓여 있다.

아들 청개구리: (슬프게) 엄마, 어서 눈을 떠 보세요.

엄마 청개구리: (힘겹게 눈을 뜨며) 아들아, 엄마는 이제 얼마 못 살 것 같구나.

아들 청개구리: (흐느끼며) 흑흑, 안 돼요. 엄마!

엄마 청개구리: ㉠(힘들게 말을 하며) 그러니 내가 죽으면 양지바른 곳에…. 아, 아니 (혼자 생각하는 말투로) 그랬다가 반대로만 하는 이 아이가 나를 냇가에 묻으면 큰일이지. (잠시 쉬었다가 힘없는 표정으로) 냇가에 묻어 다오.

아들 청개구리: (놀라며) 네? 냇가예요? 그럼 엄마 무덤이 떠내려갈 수도 있는데…….

엄마 청개구리: (힘이 빠진 듯) 꼭 부탁이다. 아들아.

(엄마 청개구리가 아들을 붙잡은 손을 떨군다.)

아들 청개구리: (큰 소리로 울며) 엄마, 엄마!

냇가에 동그란 무덤이 있고 아들 청개구리가 울고 있다.

아들 청개구리: ㉡(서글픈 목소리로) 엄마, 말씀대로 냇가에 무덤을 만들었어요. 맨날 엄마 말은 안 듣고 거꾸로만 했는데 마지막 말씀은 엄마 말씀대로 할게요. 제가 정말 잘못했어요.

(1) ㉠ •	• ① 자신의 잘못을 뉘우치는 마음
(2) ㉡ •	• ② 반대로만 하는 아들을 믿지 못하는 마음

유형 3 인물의 말과 행동에서 인물의 마음 짐작하기

극본 속 인물의 말과 행동에 나타난 마음을 짐작하는 문제입니다.

양지바른 땅이 볕을 잘 받게 되어 있는.

●글의 종류 극본

●글의 특징 이 글은 나무를 하러 갔다가 호랑이를 만난 총각의 이야기 「호랑이 형님」을 극본으로 만든 글의 일부입니다. 주어진 부분은 총각이 나무를 하러 갔다가 갑자기 호랑이를 만나자 자신의 형님이라고 꾀를 내는 내용을 담고 있습니다.

●낱말 풀이
으스스한 찬 것이 몸에 닿았을 때 소름이 돋는.
시장하던 배가 고프던.
한시 잠깐 동안.

지문 ★☆☆
낱말 ★★☆

- 때: 옛날 옛적, 호랑이가 말을 하던 시절
- 곳: 깊은 산속
- 등장인물: 호랑이, 총각

총각이 산속에서 지게를 지고 가고 있다. 금방이라도 들짐승이 튀어나올 듯 으스스한 분위기다.

총각: (나무가 담긴 지게를 지고 두리번대며) 아이고, 나무를 한 짐 하느라 너무 늦었네. 어머님이 기다리시겠다. 어서 가야지!

총각 앞에 호랑이가 '어흥' 하며 나타난다.

총각: (깜짝 놀라 주저앉으며) 헉, 호, 호랑이다!
호랑이: 마침 시장하던 차에 잘되었군.
총각: (혼잣말로) 이렇게 죽을 수는 없지. 그래, 호랑이에게 거짓말을 해야겠다. (큰 소리로) ㉠<u>아이고, 형님!</u>
호랑이: ㉡<u>형님? 날더러 형님이라고?</u>
총각: (고개를 끄덕이며) 예, 제게는 형님이 한 분 계신데 십여 년쯤 전에 집을 나가 호랑이가 되었다고 어머님께서 늘 말씀하셨답니다. 그 형님을 오늘에야 뵙는군요.
호랑이: (고민하는 듯) 내가 사람이었다고?
총각: 예, 형님이 집을 나가시고 나서 어머님은 한시도 마음 편한 날이 없으셨답니다. 늘 형님 걱정이셨죠.
호랑이: (그리운 듯) 내게 어머님이 계신다고?
총각: (고개를 끄덕이며) 예, 형님!

1 이해

이와 같은 글의 특징이 <u>아닌</u> 것은 무엇입니까? (　　　)

① 연극을 하기 위한 글이다.
② 언제 일어난 일인지 알 수 있다.
③ 등장인물이 누구인지 알 수 있다.
④ 어디에서 일어난 이야기인지 알 수 있다.
⑤ 대사를 할 때 어떤 표정이 좋을지 알 수 없다.

붙임 딱지 붙여요.

2 추론

이 글에 나타난 '총각'의 성격은 어떠합니까? (　　　)

① 둔하다.　② 게으르다.　③ 꾀가 많다.
④ 눈물이 많다.　⑤ 거짓말을 못 한다.

3 추론

총각이 ㉠과 같이 말한 까닭을 잘 말한 친구에 ○표 하세요.

(1) 호랑이가 형님이라고 부르라고 했기 때문이야.

(2) 호랑이가 총각의 형님을 닮았기 때문이야.

(3) 총각은 살기 위해서 거짓말을 한 거야.

4 추론

㉡을 어떻게 읽어야 어울리는지 기호를 쓰세요. (　　　)

㉮ 고개를 갸웃거리며 읽는다.
㉯ 확신에 찬 목소리로 읽는다.
㉰ 배가 아픈 듯 배를 잡고 읽는다.
㉱ 부끄러운 듯 몸을 배배 꼬며 읽는다.

독해 플러스

4주

천천히 알아 가며 읽기

글 내용을 알아 가며 읽기 위하여 천천히 읽는 것을 '지독'이라고 해요. 글을 읽을 때에는 중요한 부분에 밑줄을 긋거나 그 내용을 기록하면 효과적이에요. 지독은 빠르게 읽기(속독)나 훑어 읽기(통독)보다 내용을 파악하는 데 시간이 걸리지만 오래 기억되는 장점이 있어요.

천천히 알아 가며 읽기

'천천히 알아 가며 읽기'는 긴 시간을 두고 뜻을 새기며 읽을 수 있는 환경에서 할 수 있는 독서의 방법이에요. 마음의 양식이 되는 글을 읽으며 그 의미를 마음에 새기거나 모르는 분야의 내용에 밑줄을 그으며 기억하면 머릿속에 오래 남아서 산지식이 된답니다.

1 모르는 분야의 책을 읽을 때에 알맞은 독서의 방법에 ○표 하세요.

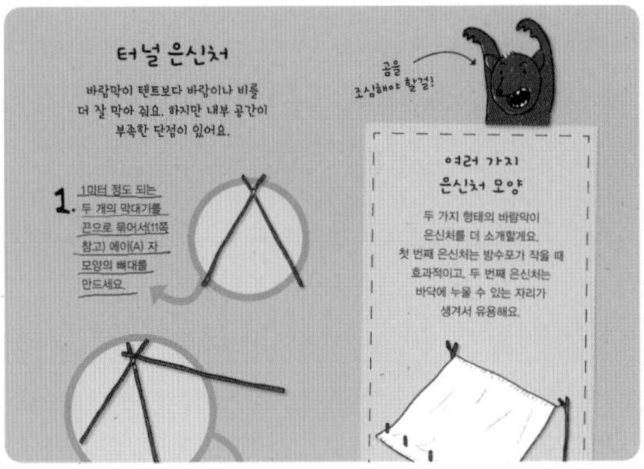

(1) 내용을 대충 훑어 가며 읽는다. (　　)

(2) 기억할 내용에 밑줄을 그어 가며 천천히 읽는다. (　　)

2 마음의 양식이 되는 글을 읽을 때에 알맞은 독서의 방법에 ○표 하세요.

나를 길들여 줘. 가령 오후 4시에 네가 온다면 나는 3시부터 행복해지기 시작할 거야. 그러나 만일 네가 무턱대고 아무 때나 찾아오면 난 언제부터 마음의 준비를 해야 할지 모를 거야.

(1) 빨리 읽을 수 있도록 왼쪽에서 오른쪽으로 눈 운동을 하며 읽는다. (　　)

(2) 마음에 새기고 싶은 낱말이나 문장에 밑줄을 그어 두고 생활 속에서 실천한다. (　　)

이번 주 나의 독해력은?		
	이번 주 학습을 모두 끝마쳤나요?	☺ ☺ ☹
	여러 가지 형식의 독서 감상문을 파악할 수 있나요?	☺ ☺ ☹
	극본에 알맞은 표정, 몸짓, 말투를 파악할 수 있나요?	☺ ☺ ☹

정답 1. (2) ○ 2. (2) ○

세 마리 토끼 잡는

초등 독해력

정답 및 풀이

쪽수를 잘 보고 정확한 정답과
자세한 풀이를 만나 보세요.

1주 12~13쪽 개념 톡톡

★ 사진을 보고 설명하는 친구의 특징이 무엇인지 살펴봅니다. 친구의 생김새, 옷차림, 행동 등에 유의하여 친구의 이름을 찾아 써 봅니다.

1주 14~15쪽 독해력 활짝

1. ③ 2. (1) ○ (2) × (3) ○ (4) ○ 3. ㉮, ㉱, ㉰, ㉯

1. 이 글은 우리나라 보물 1호인 '동대문'에 대해 설명하는 글입니다.
2. 자치기는 공이 아니라 나무토막을 긴 막대기로 쳐서 날리는 놀이입니다.
3. 글 속에 딸기잼을 만드는 순서가 차례대로 나와 있습니다. 씻은 딸기를 믹서에 간 다음 설탕과 함께 냄비에 넣어 끓이고, 다 끓인 딸기잼을 깨끗하게 닦은 유리병에 담습니다.

1주 16~17쪽 독해력 쑥쑥

1. ③ 2. (2) ○ 3. ④ 4. (3) ○

1. 이 글은 깊은 바닷속에 사는 어류인 '심해어'에 대해 설명하고 있습니다.
2. 심해어의 뜻은 ㈎에서 찾을 수 있습니다. '깊은 바닷속에 사는 어류를 통틀어 심해어'라고 했습니다.
3. 글에서는 심해어들이 바닷속에 적응하는 방법 ㈏~㈑ 외에 아예 눈을 가지지 않는 방법을 설명하였습니다.
4. ㈏~㈑에서 다른 어류와 구별되는 심해어의 특징들을 살펴볼 수 있습니다.

1주 18~19쪽 개념 톡톡

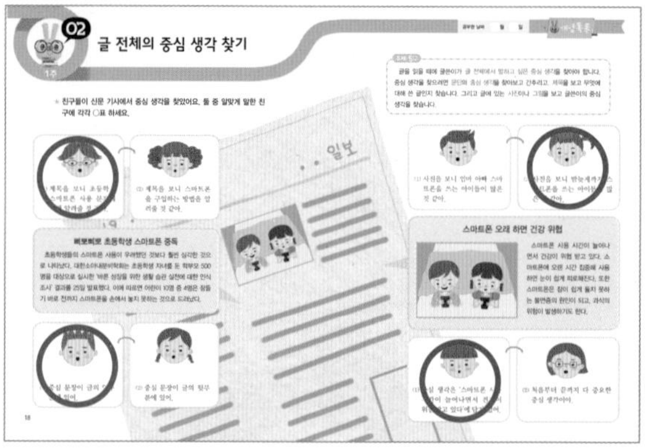

★ 신문 기사에서 글 전체의 중심 생각을 찾을 때에는 신문 기사의 제목과 문단의 중심 문장, 사진에서 글쓴이의 중심 생각을 찾아야 합니다.

1주 20~21쪽 독해력 활짝

1. ㉣ 2. ④ 3. (4) ○

1. 잠을 적게 잔 나폴레옹은 사실 잠을 자지 못해 고생을 했다는 사실을 예로 들어 잘 자는 것의 중요함을 말하였습니다.
2. 스쿨 존에 대해 알려 주고, 일반 도로와 다른 점을 설명하고 있습니다.
3. 이 글의 중심 생각은 마지막 문단에 나타나 있습니다.

1주 22~23쪽 독해력 쑥쑥

1. ④ 2. (3) ○ 3. (1) ③ (2) ① (3) ④ (4) ②
4. (그러므로 또 하나의 한글이 된) 훈맹정음을 자랑스러워하고 지켜 나가야겠어요.

1. 이 글은 한글 점자인 '훈맹정음'을 설명하고 있습니다.
2. 글의 제목에는 설명하는 대상인 훈맹정음을 밝히는 것이 좋습니다.
3. ㈎는 훈맹정음의 뜻, ㈏는 훈맹정음을 만든 사람, ㈐는 훈맹정음의 전개 과정, ㈑는 훈맹정음의 의의가 각각 적혀 있습니다.
4. 이 글 전체의 중심 생각은 글의 맨 끝부분에 담겨 있습니다.

1주 24~25쪽 개념 톡톡

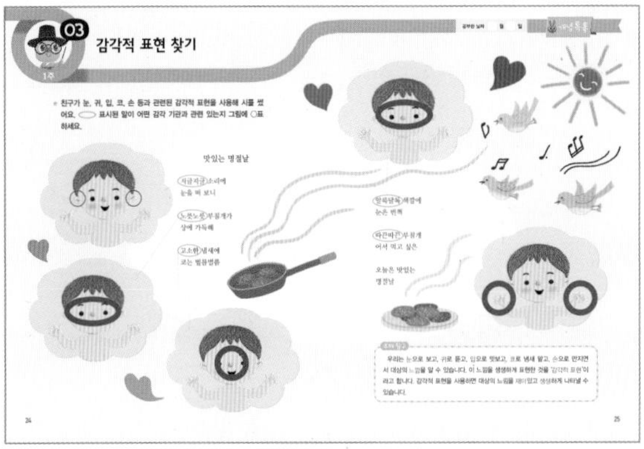

★ 감각적 표현은 우리 몸의 눈, 귀, 입, 코, 손 등과 관련이 있는 표현입니다. 소리와 모양을 흉내 내는 말이 어느 기관과 어울리는지 생각합니다.

1주 26~27쪽 독해력 활짝

1. ㉢, ㉤ 2. (3) ○ 3. (1) 예 깡깡, 꽝꽝 등 (2) 예 두근두근, 쿵쿵 등

1. '반짝이는 금모래빛'에서는 눈에 보이는 느낌, '갈잎의 노래'에서는 귀에 들리는 느낌을 찾을 수 있습니다.
2. 전체적으로 밝고 가벼운 느낌을 주는 시로, 빨래를 보고 느껴지는 것을 감각적으로 표현했습니다.
3. '꽁꽁'은 큰 물체가 매우 단단히 언 모양, '콩닥콩닥'은 심리적인 충격을 받아 가슴이 자꾸 세차게 뛰는 모양을 흉내 내는 말입니다.

1주 28~29쪽 독해력 쑥쑥

1. 겨울밤 2. ② 3. ④ 4. (2) ○ 5. ㉰

1. 제목에는 전체의 주제나 배경이 나타나는 경우가 많습니다. 이 시는 춥고 긴 겨울밤의 느낌을 감각적 표현을 사용하여 생생하게 나타냈습니다.
2. 겨울밤에 '우리'는 옛날 얘기도 하고, 감자, 콩, 강냉이도 먹었다고 했습니다.
3. '쏴아쏴아쏴아'는 바람 소리를 흉내 내는 말, '부웅붕'은 문풍지가 흔들리는 소리를 흉내 내는 말입니다.
4. 많은 일을 해도 아직 겨울밤은 많이 남아 있다고 했습니다.
5. 말하는 이는 길고 추운 겨울밤을 형제자매와 이야기를 하고, 간식을 먹으며 보내고 있습니다.

1주 30~31쪽 개념 톡톡

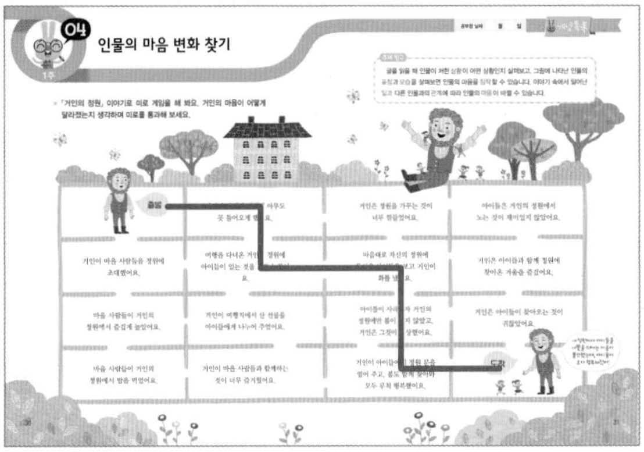

★ 인물의 마음의 변화를 살필 때에는 인물의 말과 행동이 어떻게 변화했는지를 살핍니다. 거인이 처음에는 정원에서 노는 아이들을 보고 화를 냈다가 아이들이 돌아오자 봄이 다시 찾아와서 기뻐했습니다.

1주 32~33쪽 독해력 활짝

1. (3) ○ 2. ② 3. ④

1. 이반은 땅속에 손을 넣어 도깨비를 잡았습니다.
2. 이몽룡이 한양으로 떠나게 되어 춘향은 슬프고 마음이 아플 것입니다.
3. ㈎에서 박쥐는 두려워서 들짐승편에 서고 싶어 했고, ㈏에서 박쥐는 두려워서 날짐승편에 서고 싶어 했습니다. ㈐에서는 이런 행동을 부끄러워했습니다.

1주 34~35쪽 독해력 쑥쑥

1. 나, 아이 2. ④ 3. ⑤ 4. (1) ② (2) ② (3) ①

1. 이 글은 '나'가 '아이(어린 왕자)'를 만난 장면입니다.
2. 아이는 양을 그려 달라고 했고 처음에는 양 그림을 마음에 들어하지 않았습니다.
3. 아이는 나의 그림을 까다롭게 판단하고 다시 그려 줄 것을 요구했습니다.
4. ㈎의 양 그림이 마음에 들지 않았던 아이의 마음이, ㈏에서 양이 든 상자 그림을 보고 바뀌었습니다.

1주 36~37쪽 개념 톡톡

★ 학교 곳곳에서 발생한 문제 상황을 보고 제안할 내용이 무엇인지 찾습니다. 마구 짓밟힌 화단, 수돗물이 흐르는 수돗가, 분리수거가 안된 쓰레기장, 창문에 기댄 아이들을 보고 제안할 내용을 찾아봅니다.

1주 38~39쪽 독해력 활짝

1. ⑤ 2. 바르고 고운 말 3. ㉢, ㉣

1. '요즘 독서 시간에 ~책을 읽을 수 없습니다.'에 문제 상황이 나타나 있습니다.
2. 글에 나타난 '서로 마음을 다치지 않도록 바르고 고운 말을 쓰면 어떨까요?'에 글쓴이가 제안하는 내용이 담겨 있습니다.
3. '물을 아껴 써야 합니다.'라는 제안을 한 까닭은 물이 부족하고, 생활이 힘들어지기 때문이라고 했습니다.

1주 40~41쪽 독해력 쑥쑥

1. 층간 소음 2. (1) ② (2) ① (3) ③ 3. ⑤ 4. 예 딴딴 딴 우리 집 악기 소리 / 뚱땅뚱땅 이웃집 소음이에요!

1. 이 글은 층간 소음 문제에 관해 제안하는 글입니다.
2. ㈎에는 문제 상황, ㈏에는 제안하는 내용, ㈐에는 제안하는 까닭이 담겨 있습니다.
3. 소곤소곤 속삭이는 소리는 층간 소음이 발생하지 않습니다.
4. 〈서술형〉 ❶ 이 글에서 제안하는 내용이 무엇인지 생각해 봅니다. ⇨ ❷ 층간 소음을 줄이는 방법으로 글을 써 봅니다.

2주 44~45쪽 개념 톡톡

★ 제시된 글을 읽고 알고 있는 내용이나 경험을 떠올린 친구를 찾습니다. 경험을 비교할 때에는 글의 내용과 관련이 있어야 합니다. 그리고 새롭게 알게 된 사실을 생각하면서 읽습니다.

2주 46~47쪽 독해력 활짝

1. (1) × (2) ○ (3) ○ 2. (3) ○ 3. (3) ○

1. 안전사고는 조심하면 예방할 수 있다고 했습니다.
2. 프랭클린이 시간을 알차게 쓰는 것을 중요하게 생각한 내용과 관련된 자신의 경험을 잘 말한 친구를 찾습니다.
3. 빈칸에는 강화도에 선사 시대, 삼국 시대, 조선 시대 문화재가 있다는 것, 강화도에 왕실의 사고가 있다는 것 등 새롭게 알게 된 내용을 쓸 수 있습니다.

2주 48~49쪽 독해력 쑥쑥

1. ⑤ 2. ④ 3. ㈏ 4. (2) ○

1. 물 부족으로 식물이 마르는 현상은 가뭄과 관련이 있습니다.
2. 지진이 나면 엘리베이터가 아니라 계단을 이용해야 한다고 설명하였습니다.
3. ㈏에서는 지진이 났을 때 안전한 곳으로 피하는 방법을 설명했습니다. 따라서 주어진 경험과 관련지어 읽을 수 있습니다.
4. 이 글은 지진이 일어났을 때 어떻게 해야 하는지 구체적으로 설명하고 있습니다.

2주 50~51쪽 개념 톡톡

★ 문단을 구성하는 여러 문장 중에서 가장 중요하고 중심이 되는 문장을 찾습니다. 우리말에서 있다가 사라지는 말이 많다는 것이 중심 생각입니다. '가람, 뫼, 딤채, 바람고지' 등은 그 예에 해당합니다. 그리고 '한자가 들어오면서 점점 쓰이다가 사라지거나 거의 쓰이지 않는 말이 되었다.'는 문장들은 중심 생각을 자세하게 설명한 문장들입니다.

2주 52~53쪽 독해력 활짝

1. ㉠ 2. (1) × (2) ○ (3) ○ (4) × 3. 편견

1. 이 글은 중심 문장이 맨 앞에 있고, 이어서 예시가 담긴 뒷받침 문장이 이어집니다.
2. ㈎에서는 ㉠, ㈏에서는 ㉦이 중심 문장입니다.
3. 제목과 각 문단의 중심 문장을 찾아 글 전체의 중심 생각을 간추려 봅니다. 그런 다음 ㈑에서 빈칸에 들어갈 낱말을 파악하여 씁니다.

2주 54~55쪽 독해력 쑥쑥

1. (2) ○ 2. ④ 3. ㉤ 4. (2) ○

1. 이 글은 즉석식을 줄이고 건강한 먹거리를 먹자는 주장을 담고 있습니다.
2. 즉석식을 줄이고 건강한 먹거리를 먹자는 주장과 관련 있는 제목을 찾습니다.
3. ㉤는 즉석식의 장점에 해당하는 내용으로 중심 생각을 뒷받침하는 내용으로 알맞지 않습니다.
4. 6문단의 '우리는 즉석식을 줄이고 건강한 먹거리를 먹어야 해요.'가 이 글 전체의 중심 생각입니다.

2주 56~57쪽 개념 톡톡

★ 문화재를 안내하는 글을 읽을 때에는 제목을 보고 내용을 생각해 보고, 사진이나 그림을 보면서 생각을 간추릴 수 있습니다.

2주 58~59쪽 독해력 활짝

1. ⑤ 2. ㉥ 3. ⑤

1. 제목이 빙상 경기의 종류이므로 이와 관련된 내용은 스피드 스케이팅, 피겨 스케이팅, 컬링, 아이스하키, 쇼트 트랙 등이 있다는 것입니다.
2. 이 글은 중심 문장이 가장 뒤에 나옵니다.
3. '도서관의 책을 소중히 아껴 주세요.'라는 중심 문장과 찢어진 책 그림의 의미를 생각합니다.

2주 60~61쪽 독해력 쑥쑥

1. ④ 2. (1) ③ (2) ② (3) ① 3. ② 4. 예 사람에게 편식은 나쁘지만 코알라와 판다처럼 편식을 해야 잘 사는 동물들도 있다.

1. 이 글에서는 편식을 하는 동물도 있음을 다루고 있습니다.
2. ㈎~㈐의 중심 문장은 다음과 같습니다. ㈎: 편식은 바람직하지 않지만 편식을 해야 잘 사는 동물도 있다, ㈏: 코알라는 편식을 한다, ㈐: 판다는 편식을 한다.
3. 불량 식품을 먹지 않는 것은 편식이 아닙니다.
4. 〈서술형〉 ❶ 각 문단에서 글쓴이가 전하고자 하는 생각을 찾습니다. ⇨ ❷ 제목, 그림으로 중심 생각을 짐작합니다. ⇨ ❸ 글 전체를 대표하는 중심 생각을 간추려 봅니다.

2주 62~63쪽 개념 톡톡

★ 재미와 감동을 느끼며 시를 읽으려면 시와 관련한 자신의 경험을 떠올리고 감각적 표현을 찾으면 좋습니다. 그리고 친구들과 느낌을 나누면 시를 더 폭넓게 감상할 수 있습니다.

2주 64~65쪽 독해력 활짝

1. 쏘옥 2. ⑤ 3. (3) ○

1. 이 시에서 글쓴이는 달팽이가 집으로 들어가는 모양을 '쏘옥'이라는 흉내 내는 말로 표현했습니다.
2. '하루 종일 우리 아빠 누워서 자네.'가 대비되는 장면입니다.
3. 깊은 산속의 옹달샘 물을 마시고 얻은 경험과 비슷한 경험을 찾습니다.

2주 66~67쪽 독해력 쑥쑥

1. (1) ② (2) ① (3) ③ 2. (3) ○ 3. ⑤ 4. 예 문고리로 똑똑

1. 1연은 문풍지, 2연은 가랑잎, 3연은 달빛의 소리와 모양을 각각 흉내 내고 있습니다.
2. 이 시의 제목에서 '가을'임을 알 수 있습니다.
3. 이 시에서 말하는 이는 가을밤 창밖에서 들리는 여러 소리와 모양을 표현했습니다.
4. **〈서술형〉** ❶ 시에서 ㉠ 부분을 확인합니다. ⇨ ❷ 바꾸어 쓸 수 있는 흉내 내는 말을 생각합니다. ⇨ ❸ 시에 알맞게 바꾸어 씁니다.

2주 68~69쪽 개념 톡톡

★ 웃어른께 공손하게 표현하려면 끝맺는 말을 높임 표현으로 사용해야 합니다. 하지만 친구나 동생, 사물에는 높임 표현을 사용하지 않습니다.

2주 70~71쪽 독해력 활짝

1. ㉡ 2. ㉣ 괜찮아?, 괜찮으세요? 3. (1) ② (2) ① (3) ③ (4) ④

1. 동생은 높임 표현의 대상이 아니므로 ㉡은 '자서'로 고쳐 써야 합니다.
2. 할머니께는 공손하게 '-세요?'라는 높임 표현을 써야 합니다.
3. 편지를 읽는 사람이 삼촌으로 웃어른이므로, ㉠~㉣에는 모두 높임 표현을 써야 합니다.

2주 72~73쪽 독해력 쑥쑥

1. ⑤ 2. (1) 예 넣어 줘 (2) 우진이에게 3. ⑤ 4. (1) 예 감사해요. 도와주시지 않으셨으면 청소하기 너무 어려웠을 거예요. (2) 예 고마워. 네가 도와주지 않았으면 형은 너무 힘들었을 거야.

1. 이 일기는 성진이가 동생과 아빠의 도움을 받아서 청소를 한 내용이 담겨 있습니다.
2. 동생 우진이에게는 높임 표현을 사용하면 안 됩니다.
3. ㉢은 성진이가 아빠께 하는 말이므로 높임 표현을 사용해야 합니다.
4. **〈서술형〉** ❶ 고마운 마음을 표현하는 방법을 떠올립니다. ⇨ ❷ 대상에 따라 높임 표현을 사용해 표현합니다.

3주 78~79쪽 개념 톡톡

★ 토끼의 간을 구해 온 줄 아는 용왕의 말투와 영문도 모르고 온 토끼의 표정, 병사들의 몸짓, 물고기들의 표정 등을 살피면 내용을 더 생생하고 재미있게 이해할 수 있습니다.

3주 80~81쪽 독해력 활짝

1. (2) ○ 2. ② 3. (1) 거만함 (2) 후회스러움

1. 흥부는 다리를 다친 제비를 안타까워하고 있습니다.
2. 추운 날씨에 성냥을 팔아야 하는 소녀는 간절한 마음이었을 것입니다.
3. 작은 나라 왕자를 무시하고 거만했던 공주는 궁전에서 쫓겨나자 자신의 잘못을 후회하게 되었습니다.

3주 82~83쪽 독해력 쑥쑥

1. 막무가내 2. ① 3. (1) ②, ㉯ (2) ①, ㉮ 4. 예 자신이 열심히 기운 바지를 마음에 들어 하지 않고 떼를 쓰는 또야를 보니 속이 상했을 것 같다.

1. 또야는 한번 마음먹은 것은 굽히지 않는 성격을 가지고 있습니다.
2. 엄마 너구리가 또야의 바지를 기워 주고, 떼를 쓰는 또야를 안고 달래 주는 행동을 보면 알 수 있습니다.
3. ㉠은 엄마 너구리가 또야를 달래는 말이고, ㉡은 그 말의 의도를 모르는 말입니다. 이에 어울리는 말투와 몸짓을 생각해 봅시다.
4. **〈서술형〉** ❶ 또야의 행동을 파악합니다. ⇨ ❷ 비슷한 경험을 떠올려 또야의 행동을 본 엄마의 마음을 짐작합니다.

3주 84~85쪽 개념 톡톡

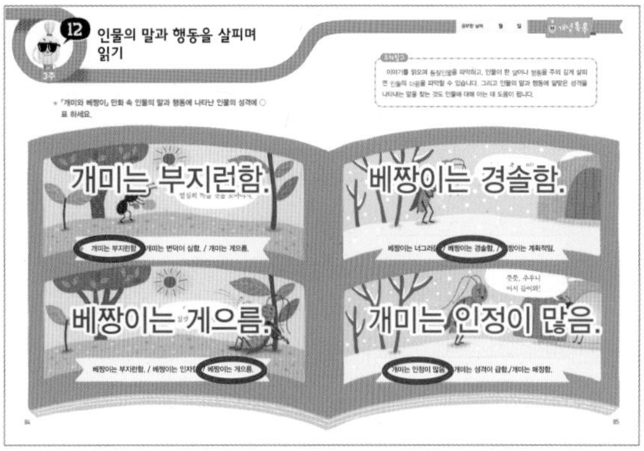

★ 여름에 열심히 일한 개미와 게으르게 놀던 베짱이가 겨울에 서로 다른 모습이 된다는 내용이 담긴 만화에서 인물의 말이나 행동으로 인물의 성격을 파악해 봅니다.

3주 86~87쪽 독해력 활짝

1. ㉡ 2. (1) ○ 3. ⑤

1. 하이디가 자연의 변화에 감동하여 소리치며 뛰어다니는 것을 보면 알 수 있습니다.
2. 공주는 개구리와의 약속을 지키지 않고 내키는 대로 하고, 바른 말을 하는 개구리의 말에 콧방귀를 뀌었습니다.
3. 톰은 하기 싫은 페인트칠을 어떻게 하면 하지 않을 수 있을까 궁리했습니다.

3주 88~89쪽 독해력 쑥쑥

1. ㉰ 2. ⑤ 3. ㉲, ㉮, ㉯, ㉰ 4. (2) ○

1. ㉮는 호미, ㉯는 지게, ㉰는 맷돌을 그린 그림입니다.
2. 신기한 맷돌의 소문을 들은 도둑은 맷돌을 훔칠 생각을 했습니다.
3. 도둑은 신기한 맷돌의 소문을 듣고 훔쳤습니다. 그리고 맷돌을 들고 배에 타서 소금을 달라고 했지만 소금을 멈추는 주문을 잊어 배가 바닷속으로 가라앉았습니다.
4. 도둑이 신기한 맷돌을 훔치고 가장 귀한 소금을 주문한 말과 행동을 보면 욕심이 많은 것을 알 수 있습니다. 또, 소금을 나오게 하고 멈추지 못한 행동을 보면 어리석다는 것을 알 수 있습니다.

3주 90~91쪽 개념 톡톡

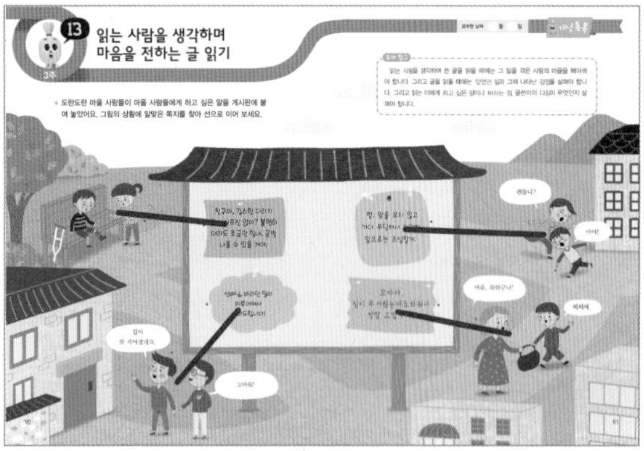

★ 쪽지에서 읽는 사람과 전하려는 내용을 파악하고 알맞은 상황을 찾아 선으로 이어 봅니다. 읽는 사람이 서로 비슷한 또래인지, 웃어른인지, 친구나 동생인지에 따라 마음을 전하는 표현 방법이 다른 것에 유의합니다.

3주 92~93쪽 독해력 활짝

1. ⑤ 2. ① 3. (4) ○

1. 이 글은 엄마가 축구 대회에서 진 아들에게 힘을 돋우어 주려고 쓴 쪽지입니다.
2. 윤서는 지윤이에게 고마운 마음을 전하고 있습니다.
3. 민석이는 윤수가 자신을 놀려 속상한 마음을 편지로 전하고 있습니다.

3주 94~95쪽 독해력 쑥쑥

1. ④ 2. (2) ○ 3. ① 4. 예 친구에게 머리를 길러 보라고 조언해서 친구가 고마워한 적이 있다.

1. 그레이스 베델이 편지를 쓴 이유는 링컨에게 수염을 기를 것을 조언해 주기 위해서입니다.
2. 링컨의 편지에 '며칠 전에 너의 고마운 편지를 받았다.'는 내용이 있습니다.
3. 링컨이 대통령이 되었는지는 이 편지들에서 미루어 알 수 없습니다.
4. 〈서술형〉 ❶ 그레이스 베델처럼 조언한 경험을 떠올립니다. ⇨ ❷ 그때의 반응을 정리하여 씁니다.

3주 96~97쪽 개념 톡톡

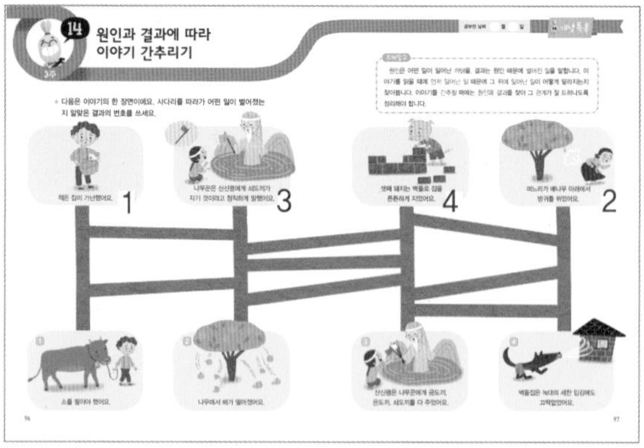

★ 먼저 일어난 일 때문에 그 뒤에 어떤 일이 생기는지 생각해 봅니다. 원인과 결과의 관계가 자연스러운 것을 찾아 이어 봅니다.

3주 98~99쪽 독해력 활짝

1. (4) ○ 2. (1) ② (2) ① 3. 왜냐하면

1. 반성문에서 '사실 어제 늦게까지 만화책을 봤거든요.'를 참고합니다.
2. 짧은 주둥이와 긴 혀를 가진 여우는 납작한 접시의 음식을 맛있게 먹을 수 있지만 황새는 그러지 못합니다.
3. 원인과 결과를 이어 주는 말에는 '왜냐하면, 그래서, 때문에' 등이 있습니다.

3주 100~101쪽 독해력 쑥쑥

1. (1) ② (2) ③ (3) ① 2. ② 3. (3) ○ 4. (1) 그래서 (2) 왜냐하면

1. 첫째는 천리안, 둘째는 천하장사, 셋째는 돌부처라고 했습니다.
2. 삼 형제는 사또 곳간의 쌀을 마을 사람들에게 모두 나누어 주었습니다.
3. 삼 형제의 재주로 마을이 문제를 극복했다는 이야기로, 힘을 합하면 어려운 일도 쉽게 해결할 수 있다는 교훈을 줍니다.
4. 원인과 결과에 따라 내용을 자연스럽게 연결하려면 알맞은 이어 주는 말을 사용해야 합니다.

3주 102~103쪽 개념 톡톡

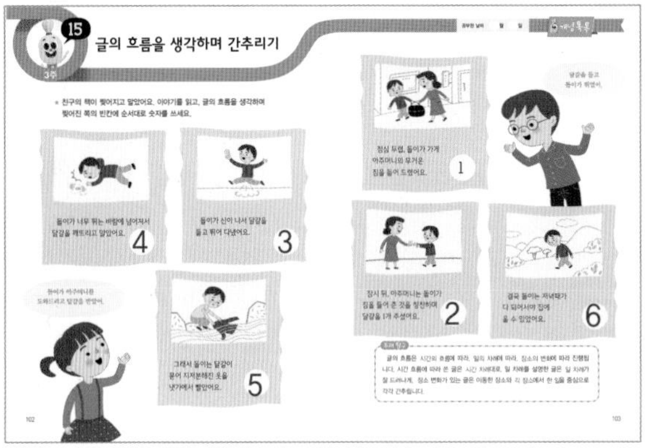

★ 돌이가 아주머니를 도와 드리고 달걀을 받아 뛰어 가다가 깨뜨리는 바람에 집에 늦게 들어간 일을 시간의 흐름과 장소의 변화를 생각하며 이야기를 간추려 봅니다. '점심 무렵, 잠시 뒤, 저녁 때가 되어서야' 등의 시간을 나타내는 말과 '가게, 길, 냇가' 등 장소의 변화에 따라 한 일에 유의하여 순서를 생각해 봅니다.

3주 104~105쪽 독해력 활짝

1. ④ 2. (1) 4 (2) 3 (3) 1 (4) 5 (5) 2 3. 제주 절물 자연휴양림, 외돌개, 제주 마방 목지

1. 글쓴이는 10시에 고대관, 1시간 뒤에는 중세관, 1시에는 식당으로 장소를 이동하였습니다.
2. '먼저', '다음으로', '그러고 나서'와 같이 차례를 알려 주는 낱말 뒤의 내용에 유의하여 읽습니다.
3. 가장 먼저 들른 곳이 어디인지, 다음으로 찾은 곳이 어디인지, 끝으로 찾은 곳은 어디인지 살펴봅니다.

3주 106~107쪽 독해력 쑥쑥

1. ④ 2. 대각선 3. (3) ○ 4. 가운데, 날개

1. 이 글은 종이비행기를 접는 법을 설명하고 있습니다.
2. 대각선은 서로 이웃하지 않은 두 꼭짓점을 잇는 선분입니다.
3. 이 글은 종이비행기 만드는 법을 일 차례에 따라 알려 주는 글입니다.
4. 종이비행기를 만드는 과정을 앞부분, 가운데 부분, 날개가 될 부분의 순서로 간추립니다.

4주 112~113쪽 개념 톡톡

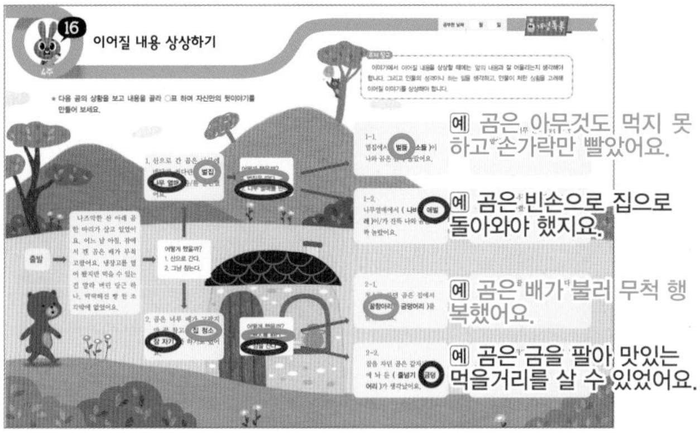

★ 이야기에서 이어질 내용은 앞의 내용과 어울려야 합니다. 그리고 전체적 흐름에서 벗어나지 않도록 자연스럽게 연결되어야 합니다. 제시된 여러 가지 경우를 모두 상상해 봅니다.

4주 114~115쪽 독해력 활짝

1. (2) ○ 2. ⑤

1. 엄마 까투리는 두고 온 꿩병아리 생각에 가슴이 철렁 내려앉았습니다.
2. 점잖은 교장 선생님이 버찌를 따 먹다가 아이들에게 들키게 되는 상황입니다. 교장 선생님은 어린 시절 친구와 따 먹던 버찌를 아이들과 나누어 먹고 싶었을 것입니다.

4주 116~117쪽 독해력 쑥쑥

1. ① 2. ㉣, ㉮, ㉰, ㉱ 3. ⑤ 4. 예 오르페우스는 슬픔에 잠겨 괴로워하다가 비참하게 죽고 말았다.

1. 제우스는 리라를 준 인물입니다.
2. 오르페우스가 신부 에우리디케가 죽자, 그녀를 찾아 저승 세계로 갔습니다. 그리고 하데스의 경고를 어기는 바람에 신부를 다시 잃었습니다.
3. 오르페우스가 하데스의 경고를 어기고 뒤를 돌아보는 바람에 에우리디케는 다시 저승 세계로 빨려 들어갔습니다.
4. **〈서술형〉** ❶ 이야기의 마지막 부분에서 오르페우스가 처한 상황을 파악합니다. ⇨ ❷ 오르페우스의 성격을 생각하며 이어질 이야기를 씁니다.

4주 118~119쪽 개념 톡톡

★ 인상 깊은 일을 파악할 때에는 언제, 어디에서, 누구와, 어떤 일을 했는지 그리고 어떤 일이 인상 깊었는지 밝혀서 정리해야 합니다.

4주 120~121쪽 독해력 활짝

1. ① 2. ⓜ 3. ①

1. 이 일기의 중심 글감은 ①입니다. '나'는 TV를 보다가 큰 산불이 났다는 소식을 듣고 놀랐습니다.
2. ㉠~㉣은 글쓴이가 겪은 일입니다.
3. 글쓴이가 지난 여름 바닷가에서 위험했던 경험을 글로 쓰려 한 것입니다.

4주 122~123쪽 독해력 쑥쑥

1. 애견 카페 2. ④ 3. ⑤ 4. ㉰

1. 이 글은 애견 카페에 갔던 경험을 떠올려서 그때의 일과 생각이나 느낌을 표현한 글입니다.
2. 글의 처음 부분에서 글쓴이가 처음에는 강아지를 무서워했다는 것을 알 수 있습니다.
3. 글쓴이의 아빠는 강아지가 핥아 주는 것을 보고 인사하는 것이라고 말씀해 주셨고, 글쓴이는 다음에 애견 카페에 오면 강아지에게 인사해야겠다는 생각을 했다고 하였습니다.
4. 글쓴이가 애견 카페에서 그랬던 것처럼 동물과 좋은 경험으로 생각이 바뀐 친구를 찾습니다.

4주 124~125쪽 개념 톡톡

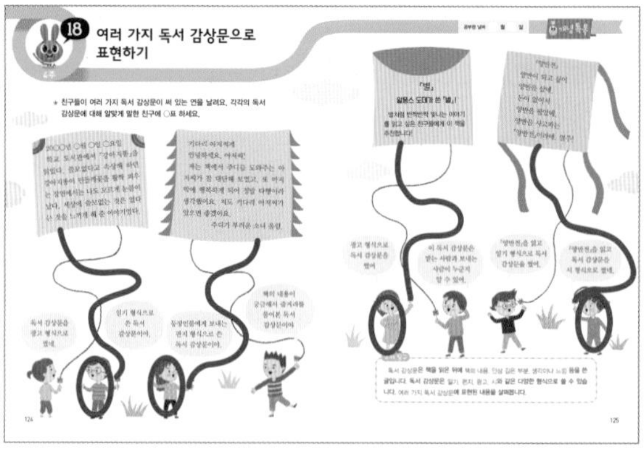

★ 독서 감상문은 일기, 편지, 시, 광고 등 다양한 형식으로 쓸 수 있습니다. 연에 실린 글의 형식이 무엇인지 알맞게 말한 친구를 찾아 연줄을 따라가 ○표 합니다.

4주 126~127쪽 독해력 활짝

1. ⑤ 2. ㉣ 3. (1) ③ (2) ① (3) ② (4) ④

1. '여러 편의 짧은 이야기가 담겨 있는 책이라 시간이 날 때 읽기 좋았기 때문이다.'에 글을 읽게 된 동기가 담겨 있습니다.
2. 글쓴이는 식물 그림이 많이 그려진 책을 읽었는데 '노루귀'라는 식물이 가장 인상적이었다고 했습니다.
3. 각 내용에 해당하는 독서 감상문의 주요 내용을 연결합니다.

4주 128~129쪽 독해력 쑥쑥

1. ③ 2. ② 3. ④ 4. 예 숙제를 하기 위해, 안타까웠다, 다짐했다

1. 이 글은 받는 사람이 '유관순 누나'이고 보내는 사람이 '독립된 나라에서 유관순 누나를 잊지 않은 소년'인 편지 형식의 독서 감상문입니다.
2. '처음에 책을 읽기 시작한 것은 사실 학교 숙제 때문이었어요.'에 책을 읽은 동기가 나타나 있습니다.
3. 글쓴이가 특히 유관순이 감옥에서 만세 운동을 펼치는 장면에서 두 주먹을 불끈 쥐었다고 했습니다.
4. 빈칸에는 보기에 있는 각 연의 내용을 설명하는 낱말이 들어가야 합니다.

4주 130~131쪽 **개념 톡톡**

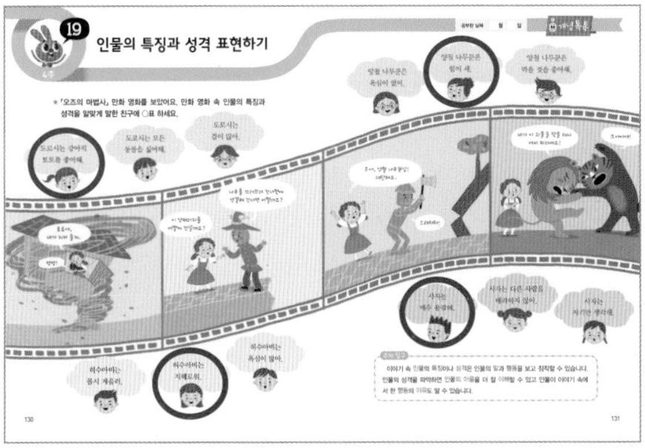

★ 도로시 일행에게 회오리 바람과 낭떠러지, 괴물 등 위기가 닥칩니다. 그때 도로시, 허수아비, 양철 나무꾼, 사자가 어떤 말과 행동을 했는지 살펴보면 인물의 성격을 알 수 있습니다.

4주 132~133쪽 **독해력 활짝**

1. ① 2. ㉡, ㉤ 3. (2) ○

1. 장화 신은 고양이는 지혜롭게 행동하여 자신보다 힘이 센 거인을 잡았습니다.
2. 총각의 말과 행동을 통해 다른 사람들과는 다른 성격을 찾습니다.
3. 게르다의 용감한 성격이 드러나는 이야기 흐름이 알맞습니다.

4주 134~135쪽 **독해력 쑥쑥**

1. ③ 2. 웬디 3. ①, ③ 4. (1) ② (2) ①

1. 존과 마이클은 웬디의 동생이고 팅커 벨은 피터 팬의 친구이자 요정입니다. 이 글에서 천사는 나오지 않습니다.
2. 동생인 존과 마이클에게 책을 읽어 준 인물은 웬디입니다.
3. 네버랜드는 피터 팬과 후크 선장이 있는 곳으로 신나는 곳입니다.
4. 인물의 말과 행동으로 인물의 성격을 짐작해 봅니다.

4주 136~137쪽 **개념 톡톡**

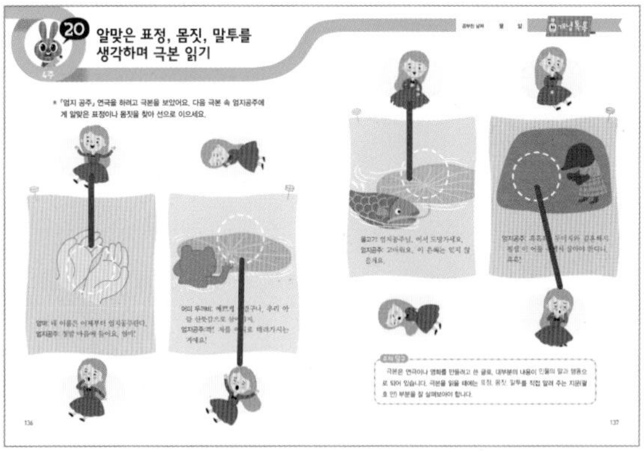

★ 연극에서 상황에 맞는 표정, 몸짓, 말투는 관객에게 이야기를 더 잘 전달하고 인물의 성격을 드러내는 구실을 합니다. 엄지 공주가 겪은 상황을 잘 살피고 알맞은 표정과 몸짓을 생각해 봅니다.

4주 138~139쪽 **독해력 활짝**

1. (1) ○ 2. ⑤ 3. (1) ② (2) ①

1. ㉠이 들어 있는 호랑이의 대사는 호랑이가 마음을 들켰지만 아닌 척하는 상황에서 하는 말입니다.
2. 동생은 호랑이의 어리석은 행동을 보고 비웃고 있습니다.
3. 엄마 청개구리의 대사에는 아들 청개구리를 믿지 못하는 마음이 드러나 있고, 아들 청개구리의 대사에는 자신의 잘못을 진심으로 뉘우치는 마음이 드러나 있습니다.

4주 140~141쪽 **독해력 쑥쑥**

1. ⑤ 2. ③ 3. (3) ○ 4. ㉮

1. 극본에는 지문이 있어서 표정, 몸짓, 말투를 알 수 있습니다.
2. 총각은 호랑이가 나타나자 꾀를 내어 호랑이를 형님이라고 불렀습니다. 이것으로 보아 총각이 꾀가 많고 지혜로운 성격임을 알 수 있습니다.
3. 총각은 호랑이로부터 살기 위해 형님이라고 부른 것입니다.
4. 갑자기 총각에게 '형님'이라는 말을 들은 호랑이의 대사에 어울리는 표정이나 몸짓을 떠올려 봅니다.

축하합니다!
C2권 독해 능력자가 되었네요.
D1권에서 다시 만나요!